SHADOWHEART

VERBORGENE SEHNSUCHT

VANESSA CARDUIE

DIE AUTORIN

Vanessa Carduie erblickte an einem grauen Herbstmorgen 1988 in Dresden das Licht der Welt. Geschichten faszinierten sie von klein auf, und bald folgten die ersten eigenen Erzählungen. Sie hat Biologie studiert und widmet sich seit einigen Jahren aktiv ihrer Schreibleidenschaft. Ihre Geschichten sind eine Mischung aus Liebesroman, Krimi und Fantasy, je nachdem, an welchem Projekt sie gerade arbeitet. Mit ihren Büchern möchte sie ihre Leserinnen und Leser zum Lachen, Weinen und manchmal auch zum Nachdenken bringen. Dafür beschreitet sie auch gern ungewöhnliche Wege.

www.vanessa-carduie.com

www.facebook.com/VanessaCarduieAutorin

Bibliografische Information der Deutschen Nationalbibliothek:
Die Deutsche Nationalbibliothek verzeichnet diese Publikation in der Deutschen Nationalbibliografie; detaillierte bibliografische Daten sind im Internet über http://dnb.dnb.de abrufbar.

SHADOWHEART - VERBORGENE SEHNSUCHT
1. Auflage (5.11.2022)

Cover & Umschlaggestaltung: Yvonne Less (art4artists.au)
Lektorat: Jeanette Lagall (lektorat-lagall.de)
Korrektorat: Riley Mcforest
Satz & Layout: Phantasmal Image (phantasmal-image.de)
Innengrafiken © shutterstock

ISBN 978-3-756543-98-4

Vanessa Carduie
Bärwalder Str. 3
01127 Dresden

Inhaltswarnung:

www.vanessa-carduie.com/my-books/inhaltswarnungen

SHADOWHEART

VERBORGENE SEHNSUCHT

VANESSA CARDUIE

Sei nicht traurig,
weil das Leben dir
Narben verpasst hat,
sondern stolz darauf,
dass du die Hindernisse
bewältigt hast.
Zu leben und zu lieben
erfordert Mut,
manchmal mehr,
als wir ahnen.

1
Chatroom

Marie saß nervös vor ihrem PC. Unruhig schwirrte der Mauszeiger über den Bildschirm und umkreiste den Anmeldebutton zum Dating-Portal für die Schattenwelt mit dem leicht kitschigen Namen *Shadowheart.*

Soll ich wirklich nachsehen, was für Nachrichten heute wieder eingetrudelt sind? Bisher war noch nichts Sinnvolles dabei.

Seufzend fuhr sie sich durch die Haare und rang sich dann doch dazu durch, ihren Posteingang zu sichten. Tatsächlich gab es einige Interessenten, obwohl Marie es wirklich nicht darauf angelegt hatte. Halb entsetzt, halb amüsiert klickte sie sich durch die Nachrichten und betrachtete die dazugehörigen Profile. Besonders das eines halb nackten Kerls ließ sie den Kopf schütteln.

Das kann doch nur in die Hose gehen …

In der Tat war die dazugehörige Chatnachricht nicht dazu angetan, Maries Meinung über das Onlinedating zu verbessern. Was manche da schrieben, war echt grenzwertig bis ekelhaft. Im Stillen verfluchte sie ihre Freundin Emilia, die sie überredet hatte, sich bei *Shadowheart* anzumelden. Die Vampirin hatte es sich offenbar zur Aufgabe gemacht, Marie unter die Haube zu bringen.

Das ist ihre Rache für die Sache mit Seth, mutmaßte die junge Werwölfin und seufzte. Sie hatte Emilia damals ihrem Chef Seth gegenüber immer wieder so beiläufig wie möglich erwähnt, weil sie die Einsamkeit der beiden deutlich gespürt hatte und sie in ihren Augen wirklich ein schönes Paar abgegeben hätten. Dass sich daraus tatsächlich eine innige Beziehung entwickeln würde, hatte Marie nicht ahnen können.

Mit den beiden Turteltauben vor Augen wurde ihr allerdings umso mehr bewusst, dass sie selbst niemanden hatte. Klar, es gab Freunde und als Barkeeperin im *Insomnia*, dem angesagtesten Club der Stadt, lernte sie ständig neue Leute kennen, doch bisher war der Funke noch nicht übergesprungen.

Auf die Jungwerwölfe aus ihrem Rudel konnte Marie getrost verzichten. Deren steinzeitliches Gebaren war einfach nervtötend. Leider waren sie nicht die einzigen Männer mit dieser verqueren Einstellung. Menschen kamen für Marie jedoch auch nicht infrage. Sie wusste, dass sie sich außerhalb der Schattenwelt immer verstecken musste, weil die Menschheit nicht erfahren durfte, dass es Sagengestalten wie Werwölfe wirklich gab. Ob ihr das bei einem Partner auch gelingen würde, konnte sie hingegen nicht abschätzen. Es widerstrebte ihr zutiefst, etwas so Bedeutsames vor jemandem verheimlichen zu müssen, den sie liebte. Vertrauen und derartige Geheimnisse passten einfach nicht zusammen.

Seufzend überprüfte sie ihr Profil. Ein Bild zeigte ihr leicht lächelndes Gesicht mit vereinzelten Sommersprossen, umrahmt von roten Locken. Das Shirt war schlicht und verdeckte weder zu viel noch zu wenig. Der Profiltext klang in Maries Ohren unverfänglich und würde wahrscheinlich niemanden hinter dem Ofen hervorlocken. Aber hey, sie ging eh nicht davon aus, dass sie hier wirklich jemanden kennenlernen würde.

Marie seufzte.

„Vielleicht sollte ich endlich meinen Gutschein für das *Literary Passion* einlösen. Offenbar habe ich es verdammt nötig, wenn ich sogar schon Onlinedating ausprobiere."

Sie wollte sich gerade wieder von der Seite abmelden, als eine neue Chatnachricht angezeigt wurde.

Vlad: *Hi, hübsches Profilbild.*

Marie verdrehte die Augen, rang sich dann aber doch zu einer Antwort durch.

Marie: *Hi Vlad, danke.*
Übrigens ist das ein interessanter Name.
Vlad: *:-D Dachte, er passt ganz gut.*
Marie: *Warum? Blutsaugeralarm?*

Kurz war es ruhig im Chat und Marie grinste in sich hinein.

Typ Nummer 1 erfolgreich abgeschreckt.

Viele kamen mit ihrer direkten Art nicht klar, was Marie nur recht war. Doch plötzlich trudelte die nächste Nachricht ein.

Vlad: *Warum Alarm? Hast du etwas gegen Vampire?*
Marie: *Nö, ich mag einige sogar.*
Vlad: *Okay. Wäre ja schade, wenn du mich super witzig und umwerfend sexy finden würdest und dir dann dieses winzige Detail an deinem Traummann missfällt.*

Marie konnte nicht anders, sie musste lachen.

Marie: *Heißt du wirklich Vlad?*
Vlad: *Ja. Eigentlich Vladimir, aber ich mag Vlad mehr.*
Marie: *Wie Vlad, der Pfähler, die Inspiration für Dracula?*
Vlad: ^^` *Auch. In meinem Geburtsland ist der Name sehr häufig. Ich pfähle aber niemanden, also nicht im eigentlichen Sinne. ;-)*

Grinsend schüttelte Marie den Kopf. War ja klar, dass so eine Anspielung früher oder später kommen würde.

Marie: *Gut zu wissen. Mir reichen die Löcher, die ich habe. :-P*
Vlad: *XD*
Vlad: *Ich bin eigentlich ganz nett, ehrlich.*
Marie: *Echt?*
Vlad: *Jaaaa, total! Keine Ahnung, warum mir das keiner glaubt.*

Marie kringelte sich vor Lachen. Der Typ war schräg, aber irgendwie auch unterhaltsam. Neugierig schaute sie auf sein Profil.

„Gar nicht mal so schlecht", murmelte sie und betrachtete den dunkelhaarigen Mann, der ein recht kantiges Gesicht und auffällig dunkle, beinahe schwarze Augen hatte. Sein scheinbares Alter würde sie auf Mitte bis Ende zwanzig schätzen, aber bei übernatürlichen Wesen täuschte die Optik gern. Als Blutsauger hatte er wohl eher ein paar Jahrhunderte auf dem Buckel.

Vlad: *Oh! Habe ich dich etwa schon verscheucht? °.°*
Marie: *Nein, aber ich muss gleich los. Die Arbeit ruft.*

Das war noch nicht einmal gelogen, denn ihre Schicht begann in einer Stunde.

Vlad: *Was machst du denn, wenn du mitten in der Nacht arbeiten musst?*
Marie: *Ich bin Barkeeperin.*
Vlad: *Nice. Dann wünsch ich dir eine schöne Nacht und keine aufdringlichen Gäste. Könnte mir vorstellen, dass die angetrunkenen Kerle bei einer Augenweide wie dir etwas zu kuschelig werden.*
Marie: *Ich pass' schon auf und in der Regel benehmen sich die Gäste. Da schlagen die Menschen schon eher mal über die Stränge.*
Vlad: *Ui. Eine Schattenwelt-Bar?*
Marie: *Auch. ;-)*
Marie: *Ich muss los, Vlad. Bis bald.*
Vlad: *Bis bald. Viel Spaß beim Cocktailmixen.*

Mit einem Grinsen meldete Marie sich ab und schaltete den PC aus. *Das hätte schlechter laufen können.*

2
Schlummertrunk

Marie spürte die tiefen Bässe in ihrem Körper. Obwohl die Musik für einen Nachtclub verhältnismäßig leise war, war sie für die empfindlichen Ohren der Werwölfin gerade noch okay. Vor ihr an der Bar tummelte sich eine bunte Mischung augenscheinlich junger Leute. Menschen, Werwölfe, aber auch Vampire und andere Wesen aus der Schattenwelt fanden sich heute Nacht wieder im angesagtesten Club der Stadt ein. Das *Insomnia* war immer gut besucht und in manchen Nächten exklusiv nur für die Schattenwelt geöffnet.

Marie wirbelte hinter der Theke, holte Bierflaschen aus dem Kühlschrank, mixte Cocktails, wusch Gläser und plauderte ein wenig mit den Stammgästen. Kurz: Sie war in ihrem Element. Ja, der Job war anstrengend und wenn sie am frühen Morgen aus dem Club ging, würde sie sicherlich wieder erledigt und heiser sein, aber sie würde nichts anderes tun wollen. Seth bezahlte seine Leute außerordentlich gut und Marie schätzte ihre Kollegen sehr. Das Personal war wie eine große Familie.

„Eine ‚*Virgin Mary*', bitte", sagte jemand hinter ihr.

Amüsement schwang in der dunklen Stimme mit, die Marie eine Gänsehaut verursachte. Überrascht von dem doch recht seltenen Wunsch und ihrer eigenen Reaktion drehte sie sich zu dem Sprecher um und erstarrte.

„Vlad!"

Der Vampir strahlte sie an, was ein Kribbeln in ihrem Bauch auslöste. Sie hatten sich in den letzten Wochen öfter geschrieben und nach und nach hatte Marie wirklich Gefallen an dem Blutsauger gefunden. Entgegen ihren Erwartungen hatten ihr die Chats mit ihm tatsächlich Spaß gemacht und insgeheim freute sie sich jedes Mal, wenn sie sah, dass der Vampir online war. Es dauerte dann nie lang, bis er sich bei ihr meldete. Trotzdem hatte sie nicht damit gerechnet, dass Vlad sie aufspüren würde.

„Marie. Es freut mich, dich endlich in Natura zu sehen", meinte er. „Dein Bild wird dir nicht gerecht, du bist viel hübscher."

Für einen Moment wusste sie nicht, wie sie auf den offensichtlichen Flirtversuch reagieren sollte. Doch dann schüttelte sie ihre Verwunderung ab und lehnte sich über den Tresen zu ihm.

„Schmeichler", flüsterte sie. „Aber schön, dass du hier bist."

Nun musterte sie ihrerseits den Vampir. Auf dem Foto hatte er ihr gefallen, auch wenn er keine klassische Schönheit war. Das kantige Gesicht wirkte aristokratisch, die Wangen waren glatt rasiert und das kurze schwarze Haar leger frisiert. Vlads Augen waren so dunkel, dass sie beinahe schwarz erschienen. Ein Umstand, der eigentlich abschreckend sein müsste, doch Marie empfand es als geheimnisvoll. Das lag vielleicht daran, dass sie eine unerwartete Wärme ausstrahlten, die die junge Wölfin in ihren Bann zog.

„Möchtest du wirklich eine ‚*Virgin Mary*' oder war das nur eine Anspielung?", erkundigte sie sich.

Gedanklich biss sie sich auf die Zunge und hoffte, dass er das pikante Detail nicht bemerken würde.

Vlad wackelte mit den dunklen Augenbrauen. „Einen Schlummertrunk möchte ich auf jeden Fall, aber ich verlasse mich auf dein fachliches Urteil. Wenn du mir etwas anderes empfiehlst, probiere ich es gern aus."

Er beugte sich noch ein Stück weiter über die Theke und Maries Herzschlag beschleunigte sich. Unbewusst sog sie Vlads Geruch ein, der ihr überraschend gut gefiel. Der Vampir roch nach Limette und Schnee – wobei letzteres mitten im Sommer unmöglich sein sollte.

„Hast du schon mal einen ‚*Freshmaker*' getrunken?", fragte sie ihn, um sich von seiner Anziehungskraft abzulenken.

Vlad lächelte sie an und Maries Knie wurden weich. „Keinen, der von so einer bezaubernden Dame gemixt wurde."

Eine leichte Röte legte sich auf Maries Wangen und gleichzeitig wunderte sie sich, warum sie derartig reagierte. Es war nun wirklich nicht das erste Mal, dass ein Gast mit ihr flirtete. Trotzdem war es mit diesem Blutsauger anders.

„Dann hoffe ich, dass er dir schmeckt", antwortete sie und machte sich sogleich an die Arbeit. Als sie ihm den alkoholfreien Cocktail mit Minze, Holundersirup und Limetten hinstellte, streiften sich kurz ihre und Vlads Finger.

„Ich danke dir."

„G-gern."

Obwohl diese Berührung nicht lange gedauert hatte, spürte Marie sie im ganzen Körper. Schnell wandte sie sich ab und widmete sich den anderen Gästen.

Dieser Vampir hat wirklich eine beunruhigende Wirkung auf mich, dachte sie.

Zudem fühlte sie, dass Vlad jede ihrer Bewegungen genauestens beobachtete. Dabei war er jedoch nicht aufdringlich, ganz im Gegenteil.

Die ganze Nacht über verhielt Vladimir sich höflich und flirtete nur dezent mit ihr. Das hielt Maries Herz jedoch nicht davon ab, kleine Freudensprünge zu machen.

„So leid es mir tut, aber ich muss mich jetzt von dir verabschieden", meinte Vlad etwa eine halbe Stunde vor Sonnenaufgang.

Enttäuschung stieg in Marie auf, dabei wusste sie sehr gut, dass dem Vampir keine andere Wahl blieb, wenn er nicht zu einem Häufchen Asche werden wollte. Im Sommer waren die Nächte einfach sehr kurz.

„Dann komm gut nach Hause." Sie schenkte ihm ein warmes Lächeln. „Vielleicht könnten wir uns ja noch einmal treffen."

„Sehr gern, Marie. Schreib mir einfach, wenn es dein Dienstplan zulässt, sonst muss ich dich eben weiterhin hier heimsuchen." Vlad ergriff ihre Hand und hauchte einen Kuss darauf. „Pass gut auf dich auf. Bis bald und träum später schön."

„Danke ...", erwiderte sie und sah dem Vampir wehmütig hinterher.

3
Spiel ohne Grenzen

Wieder einmal zwischen Amüsement und Entsetzen schwankend, klickte Marie sich durch die Nachrichten sowie die dazugehörigen Profile der übernatürlichen Partnerbörse *Shadowheart.* Offenbar war das Datinggame ein Spiel ohne Grenzen, denn was da teilweise in ihr Postfach geflattert kam, war im besten Falle ziemlich schräg. Die Leute logen, dass sich die Balken bogen, und damit meinte Marie noch nicht einmal gefakte Profilbilder.

Wie zum Teufel wollen sie jemanden finden, der zu ihnen passt, wenn sie nicht sie selbst sind?!

In diesem Dschungel aus Unwahrheiten und purem Blödsinn gab es nur einen Lichtblick: Vlad.

Nach seinem Besuch im *Insomnia* wusste Marie, dass er tatsächlich so gut aussah wie auf dem Foto und sympathisch war er auch gewesen. Es kribbelte in ihrem Bauch, als sie an den Kuss dachte, den Vlad ihr auf die Hand gehaucht hatte. Altmodisch, aber gleichzeitig angenehm anders. Obwohl sie wegen ihrer Arbeit nicht so viel Zeit zum Reden gehabt hatten, war es doch schön gewesen. Es gefiel Marie, dass der Vampir extra zu ihr in den Club gekommen und überhaupt nicht aufdringlich gewesen war. Nach der beträchtlichen Zeit, die Marie nun schon als Barkeeperin arbeitete, konnte sie gut einschätzen, wann sie von notgeilen Individuen begafft wurde und wann jemand anderweitig interessiert war.

Soll ich es wagen und mich mit ihm auf ein richtiges Date treffen?, fragte sie sich.

In seiner letzten Nachricht hatte Vlad etwas in diese Richtung angedeutet und klargemacht, dass Marie den nächsten Schritt gehen musste. Denn er wollte weder als Stalker rüberkommen noch Gerüchte verursachen, indem er sie öfter auf der Arbeit besuchte.

Die junge Werwölfin verspürte einen Hauch Aufregung, als sie den gemeinsamen Chat öffnete und eine kurze Nachricht schrieb.

Marie: *Hast du Samstagnacht schon etwas vor?*

Es dauerte nicht lange, bis eine Antwort kam.

Vlad: *Nein. Was schwebt dir denn vor?*
Marie: *Wollen wir ins Kino oder irgendwo etwas trinken gehen?*
Vlad: *Gern. Gibt es denn eine Bar, die du empfehlen kannst oder einen Film, den du sehen möchtest?*

Marie überlegte kurz. Sollte sie versuchen, über ihre Verbindung zu Max und Seth einen Platz im *Dark Delights* zu ergattern?

Marie: *Ich schaue mal, ob ich etwas reservieren kann und auch ins Kinoprogramm. Hast du Präferenzen oder No-Gos?*
Vlad: *Okay. Sag Bescheid, wenn ich mich nützlich machen kann. Bei Filmen bin ich leidenschaftslos. Wenn er mich langweilen sollte, kann ich ja stattdessen dich anschauen. :-D Falls es dir ebenso ergeht, wüsste ich auch eine gute Beschäftigung. ;-)*

Marie lachte.

Marie: *Schmeichler! Aber mach dir keine zu großen Hoffnungen. Ich habe eigentlich ein gutes Händchen bei der Wahl von Filmen.*
Vlad: *Du meinst, der Kinofilm ist so gut, dass ich mich von deinem zauberhaften Anblick lösen muss?!*
Marie: *Möglicherweise. :-D*
Vlad: *-.- Na schön. Ich werde es überleben. Hinterher ist sicherlich genug Zeit, um dich anzuschmachten. :-P*
Marie: *Spaßvogel! :-P Ich melde mich morgen bei dir wegen Zeit, Ort und Film. Von wann bis wann ist es sicher für dich, draußen zu sein?*
Vlad: *22:00 - 4:00 Uhr, in der Sommerzeit ist es leider etwas eingeschränkter.*
Marie: *Passt schon. Schlaf gut.*
Vlad: *Danke, du auch. Ich freue mich auf dich.*

Ich mich auch auf dich, dachte Marie und überraschte sich selbst damit.

Offenbar war nun der Moment gekommen, den sie seit Jahren herbeisehnte. Sie entwickelte echtes Interesse für einen Mann und vielleicht war das ihre Chance, endlich Erfahrungen im romantischen Bereich zu sammeln. Ganz untypisch für eine Werwölfin hatte sie mit ihren fünfundzwanzig Jahren noch keine einzige echte Beziehung gehabt. Eigentlich sorgte die animalische Seite der Werwölfe dafür, dass sie recht umtriebig waren, bis sie sich an einen passenden Partner oder Partnerin banden.

Ihr älterer Bruder Paul war das perfekte Beispiel dafür. In seiner wilden Zeit hatte er mindestens wöchentlich eine neue Flamme, wenn er sich denn überhaupt mehrmals mit demselben Mädchen traf.

Oh Mann, war das eine anstrengende Zeit gewesen …, sinnierte Marie. Da war ihre empfindliche Nase wirklich eher ein Fluch gewesen, denn auch ohne den eindeutigen Geruch von Sex hätte sie gewusst, was Paul des Nachts trieb.

Maries Wölfin hingegen hatte genauso wenig Interesse an Männern oder Frauen gezeigt wie ihr menschliches Ich. So manches Mal hatte Marie sich gefragt, ob sie überhaupt etwas Derartiges empfinden konnte oder vielleicht zu den Leuten gehörte, die keinerlei sexuelle Anziehungskraft verspürten. Da sie jedoch eindeutig auf Vlad reagierte, schien es zumindest möglich zu sein, dass sie doch Freude an Sex und Zärtlichkeiten haben könnte.

Das typische Balzverhalten konnte sie jede Nacht während ihrer Arbeit im *Insomnia* beobachten. Es war faszinierend zu sehen, was funktionierte und was nicht. Manche warben recht offensiv mit ihren körperlichen Vorzügen und sendeten eindeutige Signale aus. Andere schienen eher das Flirten an sich und eine nette Bekanntschaft zu bevorzugen, ohne weitergehen zu wollen.

In speziellen Nächten war der Club auch nur für die Anbahnung derlei Beziehungen geöffnet. Dann war es für Marie wirklich anstrengend, denn so mancher Besucher machte auch vor dem Personal nicht halt. Zum Glück war die Security aufmerksam und mittlerweile wusste Marie, wie sie diese Leute freundlich, aber nachdrücklich abweisen konnte.

Umso mehr war ihr Vlads unaufdringliche Art bei seinem Besuch im *Insomnia* aufgefallen. Es hatte ihr geschmeichelt, dass er nur Augen für sie gehabt und alle Interessentinnen höflich abgewehrt hatte. Ein Mann wie er fiel unweigerlich auf und als Vampir wirkte er nicht nur auf Menschen anziehend.

Offenbar hat er wirklich Interesse an mir und kein Problem damit, dass ich nicht sofort mit ihm in die Kiste springen will.

Marie mochte ihre oft humorvollen Gespräche im Chat und hoffte, dass diese Sympathie auch bei ihrer ersten richtigen Verabredung mit Vladimir erhalten bleiben würde. Ein Date war einfach etwas anderes als ein kurzer Besuch während der Arbeitszeit. Da war nun einmal keine Zeit für längere Gespräche, aber immerhin hatten sie sich ‚beschnuppern' und ausloten können, ob sie die Sache weiterverfolgen wollten oder nicht.

Dann sollte ich jetzt besser einen Tisch im ‚Dark Delights' organisieren und ins Kinoprogramm schauen, dachte Marie und machte sich ans Werk.

4
Gebranntes Kind

Vladimir atmete mehrfach tief ein und aus, um sich zu fokussieren. Eine dieser schrägen Eigenarten, die man auch nach dem Tod nicht ablegte, denn atmen musste er eigentlich überhaupt nicht mehr.

Allerdings wären ihm dann auch viele wunderbare Dinge entgangen, zum Beispiel Maries einzigartiger Geruch. Obwohl es vollkommen absurd war, erinnerte der ihn an eine Lichtung voller Waldheidelbeeren im Sonnenschein. Womöglich lag es daran, dass Marie eine Werwölfin war. Diese Schattenweltbewohner verströmten oft natürliche, erdige Aromen.

Im Gegensatz zu den Menschen übertünchten diese den eigenen Geruch auch nicht mit Parfum, da ihre empfindlichen Nasen damit nicht klarkamen.

Was habe ich mir nur dabei gedacht, mich auf diese Wölfin einzulassen?, fragte Vlad sich nicht zum ersten Mal.

Irgendetwas hatte ihn angesprochen, als er ihr Profilbild gesehen hatte. Maries natürliche Schönheit war ihm sofort ins Auge gesprungen. Als erfolgreicher Fotograf hatte er einen Blick dafür und schon mehr Stars und Sternchen der Modewelt vor der Linse gehabt, als er zählen konnte.

Allerdings wusste er daher auch, dass viele der ‚Normalsterblichen' nur seine Nähe suchten, um ein bisschen vom Glanz und Gloria der *Haute Couture* abzubekommen. Dafür musste er noch nicht einmal die Gedanken der Menschen lesen. Vlad fiel es schwer, sich zu öffnen und entsprechend wenige echte Freundschaften hatte er. Gerade in den Kreisen der Modewelt, in denen er sich beruflich bewegte, wurden schnell Gerüchte gestreut und Intrigen gesponnen.

Er war ein gebranntes Kind, denn zu seinen Lebzeiten hatte er einmal den Fehler gemacht, der falschen Person zu vertrauen. Liebestoll und über die Maßen geschmeichelt hatte Vlad nicht geahnt, dass eine hinterhältige Falle auf ihn wartete. Anastasia war eine Schönheit gewesen, doch leider steckte unter der hübschen Hülle eine tiefschwarze Seele. Damals hatte er nicht gewusst, dass die junge Frau einer verfeindeten Familie angehörte. Sie war nur auf ihn angesetzt worden, weil sein Vater in den Augen der anderen Oligarchen zu erfolgreich war und diszipliniert werden musste. An ihm, dem Sohn, war ein Exempel statuiert worden, dessen Spuren auch die Verwandlung in einen Vampir nicht vollständig hatten auslöschen können.

Unterbewusst rieb Vlad sich über seine Arme. Unter den verschlungenen Tattoos waren die Narben kaum noch zu sehen, doch er spürte sie so deutlich wie damals vor knapp einhundert Jahren. Er hatte den Hinterhalt überlebt. Seine Familie hatte die Warnung verstanden und sich aus einigen Geschäftsbereichen zurückgezogen. Sein Vater Nikolai war kein Kämpfer, sondern ein intelligenter und findiger Geschäftsmann mit einem eher sanften Gemüt gewesen. Das Vermögen hatte er sich selbst erarbeitet, was den alteingesessenen Oligarchen ein Dorn im Auge gewesen war.

Kurz nach dem Angriff auf Vlad hatte die Familie ihr Zuhause verlassen und war Richtung Westen gezogen. Ein Umstand, der viele Herausforderungen und Probleme mit sich gebracht hatte. Doch der Neuanfang barg auch neue Chancen, über die nicht nur Vladimir sehr glücklich gewesen war. Ohne den Umzug nach Europa würde er schließlich heute nicht mehr hier sein, aber auch seine Familie hatte in ihrer neuen Heimat Frieden gefunden. Hier hatte Vlad sich frei entfalten und ein Leben führen können, das in seinem Geburtsland, dem heutigen Russland, unmöglich gewesen wäre.

Die Liebe zur Fotografie besaß er, seit er seine erste Kamera in den Händen gehalten hatte. Als Sterblicher durchaus erfolgreich, begann sein Aufstieg in der Mode- und Künstlerwelt erst einige Zeit nach seiner Verwandlung, denn dass er nur nachts zur Verfügung stand, war wohl genau der exzentrische Einschlag, den die Menschen liebten. Generell machte Vlad gern ein Geheimnis um sich und zog die Ruhe seiner Wohnung der Gesellschaft von Menschen – und zumeist auch anderer übernatürlichen Wesen – vor.

Das hatte ihn jedoch nicht davor geschützt, Opfer neuer Intrigen zu werden. Seufzend erinnerte er sich an den Skandal, den er unbewusst ausgelöst und erst kürzlich durch einen Gerichtsbeschluss hatte beilegen können. Vlad schüttelte den Kopf, denn auch diesmal war es eine hübsche Russin gewesen, die sein Leben hatte ruinieren wollen.

Offenbar ziehe ich derlei hinterhältige Damen an, dachte er.

Wobei er tatsächlich versucht hatte, Irina strikt aus dem Weg zu gehen. Nur hatte Vlads Ablehnung genau das Gegenteil von dem bewirkt, was er eigentlich hatte erreichen wollen. Mit dieser intriganten Schlange wollte Vladimir einfach nichts zu tun haben und hatte entsprechende Anfragen rigoros abgelehnt. Nur mit dem Echo hatte er nicht gerechnet, denn als reiche Oligarchentochter wollte Irina kein Nein akzeptieren. Stattdessen hatte sie versucht, ihn durch falsche Anschuldigungen in Verruf zu bringen. Sexuelle Belästigung und Nötigung waren ernstzunehmende Probleme, die leider in der Modebranche genauso vorkamen wie in anderen Bereichen.

Die ganze Sache hätte Vlad beinahe alles gekostet, was er sich in den letzten Jahren aufgebaut hatte, denn es stand Aussage gegen Aussage und die Berichterstattung in der Presse war wirklich nicht hilfreich gewesen. Letzten Endes war es ihm jedoch gelungen, genug Beweise für seine Unschuld vorzubringen und gerichtlich gegen Irina vorzugehen. Er hoffte, dass nun endlich wieder Ruhe einkehren würde. So sehr ihn die Branche mit den Diven und Möchtegern-Stars auch nervte, sie hatte trotzdem ihren Reiz und seine Arbeit wurde gut bezahlt.

Der Skandal war noch nicht allzu lange her und Vlad stieg gerade wieder langsam ins Geschäft ein, wobei er sich auf einen kleinen Kreis seiner Stammkunden beschränkte und sich sonst bedeckt hielt. Warum er sich also ausgerechnet jetzt bei dieser Datingseite angemeldet und Kontakt zu

Marie aufgenommen hatte, war ihm noch immer ein Rätsel. Vampire und Werwölfe waren oft nicht unbedingt gut aufeinander zu sprechen, von daher war er auch einige Male bei anderen auf Ablehnung gestoßen. Vielleicht, nur vielleicht, bestand die Möglichkeit, dass die junge Frau tatsächlich Interesse an ihm hatte oder sie zumindest Freunde werden könnten. Ihre Chats waren unterhaltsam und ihm gefiel ihre offene Art.

Allerdings ahnte Vlad, dass ihm das nicht ausreichen würde, denn Maries Geruch brachte ihn schier um den Verstand. Dazu dieses süße Lächeln und die winzigen Sommersprossen auf der Nase ...

Er zwang sich, tief durchzuatmen und wusste nicht, ob er sich dafür verfluchen sollte, dass er die Wölfin an ihrem Arbeitsplatz aufgesucht hatte. Es war unverbindlich und eine spontane Entscheidung gewesen, kein Date im eigentlichen Sinne, aber eine gute Gelegenheit, um herauszufinden, ob die Chemie zwischen ihnen stimmte. Doch seither ging Marie ihm nicht mehr aus dem Kopf und die Aussicht, die morgige Nacht mit ihr verbringen zu können, machte ihn verdammt nervös.

Kino und ein gemeinsames Essen klangen unverfänglich, doch da er so heftig auf sie reagierte, würde das eine echte Herausforderung werden. Vlad wollte sie nicht verschrecken, sondern sie langsam und dafür richtig kennenlernen. Gerade nach seinen negativen Erfahrungen mit der Damenwelt wollte er es nicht überstürzen, denn offenbar hatte er bei der Auswahl seiner Partnerinnen nicht unbedingt ein gutes Händchen. Die Frage war nur, wie er Marie eine Freude machen konnte. Rosen und Pralinen passten nicht zu ihr und waren das Klischee schlechthin. Er brauchte eine kleine Aufmerksamkeit, die trotzdem vermittelte, dass er Marie gern hatte.

Vielleicht habe ich ja noch eine zündende Idee.

Bis dahin konnte es nicht schaden, wenn er das Chaos in seiner Wohnung beseitigte. Marie sollte schließlich nicht über ein Stativ oder eine Kameratasche stolpern, falls sie nach dem Essen noch Lust auf seine Gesellschaft hatte.

Zeit für einen ordentlichen Budenschwung, dachte er und nahm sich vor, gleich noch sein Bett neu zu beziehen.

Für Marie sollte alles perfekt sein.

5 Augenweide

Langsamen Schrittes näherte er sich dem Treffpunkt an dem kleinen orientalischen Lebensmittelladen links neben dem Kinoeingang. Vladimir war nervös, was schon seit Jahrzehnten nicht mehr der Fall gewesen war. Doch mit oder eher wegen Marie war alles anders.

Zum Glück hatte Vlad auf dem Weg einen passenden Spender gefunden, sonst wäre der Kinobesuch wirklich anstrengend geworden. Zwar hatte er seinen Blutdurst gut im Griff und würde wohl nicht über die Menschen in seiner Umgebung herfallen, aber zusammen mit der verheerenden Wirkung, die Marie auf ihn hatte, wäre es einfach zu riskant gewesen. Er wollte ihr Date nicht ruinieren, indem er mit dem Blick ständig am Hals anderer Leute klebte. Als Werwölfin schied Marie als Blutwirtin aus, was diese sicherlich nicht bedauerte. Das Blut anderer übernatürlicher Wesen galt als giftig für Vampire und übte auch keinerlei Anziehung auf sie aus.

Plötzlich trat Marie in sein Sichtfeld. Leichten Schrittes steuerte die junge Frau auf den Treffpunkt zu. In der schwarzen Jeans, dem grünen Top und der ebenfalls schwarzen Jacke machte sie eine gute Figur. Die roten Locken fielen ihr offen über die Schultern und einige davon tanzten im lauen Abendwind.

Marie ist eine echte Augenweide, dachte Vlad und erhöhte sein Tempo.

Er wollte nicht, dass sie ihn beim Starren ertappte. Andere Leute heimlich zu beobachten, war zwar auf gewisse Weise Teil seines Berufes und seiner dämonischen Seite, aber er wollte nicht als Spinner abgestempelt werden, sondern einen schönen Abend mit Marie verbringen.

Vladimir warf noch einen letzten Blick auf das kleine Mitbringsel und betete im Stillen, dass er sich damit nicht lächerlich machen würde. Dann holte er ein letztes Mal tief Luft, bevor er zu ihr trat.

„Guten Abend, Marie", begrüßte er sie.

Die junge Werwölfin lächelte ihn an. „Guten Abend, Vladimir."

Sofort spürte Vlad wieder dieses unbändige Verlangen, sie in seine Arme zu ziehen. Stattdessen ergriff er ihre Hand und platzierte einen federleichten Kuss darauf.

In ihren grünen Augen blitzte Verwunderung auf, doch dann trat ein warmes Leuchten an ihre Stelle. Die Wangen mit den süßen Sommersprossen röteten sich leicht und Vlads sensible Sinne registrierten, dass sich Maries Herzschlag beschleunigte.

„Hier, ich habe eine Kleinigkeit für dich", sagte er und übergab sein Geschenk.

Hoffentlich habe ich damit den Abend nicht direkt ruiniert.

Kurz wirkte Marie überrascht, als sie auf die Tafel Schokolade schaute, an der er ein Gänseblümchen befestigt hatte. In einem ihrer Chats hatte die Werwölfin beiläufig erwähnt, dass sie diese unscheinbaren Blumen mochte. Vladimir hielt den Atem an und hoffte, dass er das richtig verstanden hatte.

„Oh, danke! Das ist süß von dir“, antwortete sie und strahlte ihn an. „Komm. Wir sollten hineingehen. Vielleicht finde ich noch eine Möglichkeit, das Gänseblümchen frisch zu halten.“

Erleichterung durchflutete ihn, weshalb er ihr beschwingt die Eingangstür öffnete.

Vielleicht wird dieser Abend wirklich schön.

6
Minions

Gut gelaunt steckte Marie sich Popcorn in den Mund. Sie war selbst erstaunt, wie sehr sie diesen Abend oder eher die Gesellschaft des Mannes neben ihr genoss. Vlad war tatsächlich ein sehr angenehmer Zeitgenosse, was für einen Vampir nicht selbstverständlich war. Viele der Blutsauger hielten sich von anderen übernatürlichen Wesen fern und so mancher dachte sicherlich auch, dass er etwas Besseres war. Doch Marie wollte sich nicht von Vorurteilen leiten lassen.

Die Bandbreite reichte bei allen Wesen von ‚gefühlskaltes, arrogantes Arschloch' bis ‚liebenswertes, untypisches Exemplar mit Humor'. Am Ende kam es schlicht darauf an, wie sie sich ihr gegenüber verhielten. Marie kannte einige Blutsauger und war sogar mit zwei sympathischen befreundet.

Der Vampir neben ihr war unkompliziert – zumindest hatte es weder bei der Auswahl des Films noch beim Kauf von Popcorn und Getränken irgendwelche Allüren gegeben – und strahlte auf ruhige Weise Selbstbewusstsein aus, was ihr gut gefiel.

Tagtäglich war sie von aufgeblasenen Egos umgeben und konnte die Show, die manche abzogen, einfach nicht mehr ertragen. Gerade Werwölfe waren teils aufgeplusterte

Hohlbirnen, die sich zu viel auf ihre Muskeln und ihre ‚ach so tolle Männlichkeit' einbildeten. Charakterlich war da meistens nichts zu holen.

Vlad hingegen schien vollkommen mit sich im Reinen zu sein. Er wusste, wer er war und was er wollte. Offenbar gehörte sie dazu, was ihr auf gewisse Weise schmeichelte.

Manche Frau wäre sicherlich enttäuscht, weil er kein großes Brimborium abzog, doch Marie schätzte die kleinen Gesten, die der Vampir perfekt beherrschte. Als sie sich vorhin vor dem Kino getroffen hatten, hatte Vlad ihr eine Tafel Schokolade überreicht, auf der ‚nice to meet you' stand und an der ein Gänseblümchen befestigt gewesen war. Offenbar hatte er sich gemerkt, dass sie die winzigen Blumen mochte, auch wenn sie es vor einer Weile nur in einem Nebensatz erwähnt hatte.

Marie fand das unglaublich süß und auf ihrem Gesicht war ganz von allein ein freudiges Lächeln erschienen. Statt sie mit dem weitverbreiteten Pseudo-Wangenküsschen zu begrüßen, hatte Vlad ihr wieder einen Handkuss gegeben, der ihr Herz schneller schlagen ließ. Nun lag das Blümchen in ein feuchtes Tuch eingewickelt neben ihr und würde hoffentlich diese Nacht überstehen.

Unwillkürlich fragte Marie sich, wie alt Vladimir war. Sein Benehmen deutete darauf hin, dass er schon ein paar Jahrzehnte länger lebte als sie selbst.

Ich kann ihn dann ja einfach mal fragen.

Als sie wieder in die Popcorntüte griff, stieß sie überraschend mit seiner Hand zusammen. Marie öffnete schon den Mund, um sich zu entschuldigen, doch da strichen seine Finger sanft über ihren Handrücken, bevor sie sich mit ein wenig Popcorn zurückzogen. Unwillkürlich folgte Marie mit ihrem Blick und beobachtete seltsam fasziniert, wie Vlad seine Beute verspeiste.

Er hat einen schönen Mund. Ob seine Lippen jetzt süß schmecken?

Als sich ebendiese zu einem breiten Grinsen verzogen, bemerkte Marie, dass sie Vlad regelrecht anstarrte. Peinlich berührt schaute sie schnell auf die Leinwand, auf der sich kleine gelbe Wesen mit blauen Latzhosen den Weg zu ihrem Mini-Boss freikämpften. Vladimir hatte gelacht, als sie ihm diesen Film vorgeschlagen hatte. Das war definitiv keiner, der typisch für Dates war.

Wer schaut auch mitten in der Nacht Kinderfilme?

Aber nun saßen sie hier und wenn Marie sich nicht täuschte, dann amüsierte der Vampir sich ebenso gut wie sie selbst. Das war ein großer Pluspunkt, denn die junge Werwölfin liebte derlei Filme, was einige Männer in der Vergangenheit durchaus für seltsam befunden hatten.

Marie fiel es unglaublich schwer, sich auf die Handlung auf der Leinwand zu konzentrieren, fühlte sie doch deutlich, dass Vlad ihr immer wieder einen Blick zuwarf. Sicherlich spürte er, was in ihr vorging. Ein Fakt, der praktisch und peinlich zugleich war.

Das kann ja heiter werden, dachte sie, denn nach dem Film wollten sie eigentlich noch essen gehen.

Tatsächlich war es Marie gelungen, einen Platz im *Dark Delights* zu ergattern. Sie freute sich schon jetzt auf Vlads Gesichtsausdruck, wenn er die spezielle Speisekarte des Hauses in der Hand halten würde.

Sein tiefes Lachen, als auf der Leinwand wieder eine süß-absurde Szene zu sehen war, ließ Maries Bauch kribbeln, als wäre darin ein Schwarm Schmetterlinge unterwegs.

Abgelenkt von ihren Gefühlen zuckte sie zusammen, als eine Hand in die Popcorntüte langte und ließ sie los. Bevor diese jedoch zu Boden fallen konnte, hatte Vlad sie gepackt.

„Warum plötzlich so schreckhaft?“, flüsterte er Marie ins Ohr.

Sie bemerkte, wie ihr das Blut in die Wangen schoss. Sein warmer Atem auf ihrer Haut bescherte ihr eine gehörige Gänsehaut und ließ ihre innere Wölfin vor Aufregung im Kreis laufen.

Was hat dieser Vampir nur an sich, dass er mich völlig aus dem Konzept bringt?

„Ich … ähm.“

Marie schluckte, denn Vladimir war ihr noch immer viel zu nah. Sie wagte nicht, sich ihm zuzuwenden, denn dann würde sie unweigerlich in die Nähe dieser verführerischen Lippen kommen und …

Ihre Atmung beschleunigte sich und auch ihr hoher Puls verriet sie.

„Habe ich dir eigentlich schon gesagt, dass du wunderbar riechst? Einfach zum Anbeißen.“

Vlads Stimme hatte einen rauen Unterton und seine Worte sorgten dafür, dass Marie nun doch zu ihm blickte. Bei Vampiren musste man damit rechnen, dass sie das wörtlich meinten. Es überraschte Marie, dass sie auf ihn appetitlich wirkte, denn auf dem Speiseplan der Blutsauger standen nur Menschen.

Ginge es nach ihrer Wölfin, wäre die Sache klar. Diese Seite von ihr handelte instinktgetrieben und der Vampir war offensichtlich ein angemessener Partner. Allerdings war da auch noch ihre menschliche Seite, die deutlich vernunftorientierter war und sie daran erinnerte, dass sie Vlad so gut wie gar nicht kannte. Das erste Treffen während ihrer Arbeitszeit und die Chatnachrichten zählten nur bedingt. Ja, er gefiel ihr außerordentlich gut, doch Marie wollte nichts überstürzen.

„Wenn du mich so ansiehst, würde ich dich am liebsten küssen“, murmelte Vladimir.

Oh ja!

Instinktiv lehnte sie sich ein Stück zu ihm, sodass sich ihre Münder beinahe berührten.

„Das nehme ich mal als Erlaubnis“, sagte Vlad nicht ohne Humor.

Dann senkten sich seine Lippen auf ihre und Marie vergaß alles um sie herum. Ganz sanft küsste er sie und tastete sich allmählich vor. Offenbar war Vlad ein Genießer, denn er ließ sich Zeit.

Leise raschelte die Tüte mit dem Popcorn, als der Vampir sie wegstellte. Eine seiner Hände strich leicht über Maries Wange sowie ihren Hals, bevor sie in ihrem Nacken zu liegen kam. Sachte zog er sie noch ein Stück näher und vertiefte den Kuss.

Hitze und Verlangen stiegen in Marie auf und sorgten dafür, dass sie auf die gekonnte Verführung einging. Hungrig nach mehr, öffnete sie ihre Lippen und seufzte glücklich, als Vlad dieser stummen Einladung folgte und ihre Zungen einander umspielten.

Maries Hände machten sich selbstständig und erkundeten den Oberkörper des Vampirs, so gut es in diesen Kinosesseln eben ging. Was sie unter dem Stoff seines dunklen Hemds spüren konnte, gefiel ihr außerordentlich gut.

Gerade als sie Anstalten machte, den Stoff hochzuschieben, räusperte sich jemand laut hinter ihnen. „Könnt ihr das bitte zu Hause fortsetzen? Ich würde diesen Film wirklich gern zu Ende sehen."

Marie zuckte zusammen, während Vlad sich ruhig zu dem Sprecher umdrehte.

„Klar. Wir sind ja auch deswegen hier."

Dann zwinkerte der Vampir ihr verschmitzt zu, schnappte sich die Popcorntüte und richtete seine Aufmerksamkeit wieder auf die Leinwand.

Die Werwölfin schwankte zwischen Erleichterung und Bedauern. Andere Männer hätten sich über so eine Störung aufgeregt, aber Vlad hatte locker reagiert und wirkte vollkommen entspannt. Um Letzteres beneidete sie ihn am meisten, denn ihr Körper war in Aufruhr und sehnte sich nach mehr. Marie atmete tief durch.

Wenn Vlad sich auf den Film konzentrieren kann, dann schaffe ich das auch.

„Möchtest du?“ Auffordernd hielt er ihr das Popcorn hin.

Kurz zögerte sie, denn sie hatte das Gefühl, dass es nicht nur um die süße Nascherei ging. Dann griff sie beherzt in die Tüte.

Warum zögern? Er gefällt mir und wir sind beide erwachsen.

Entschlossen lehnte sie sich ihrem Sessel zurück und konzentrierte sich auf den Film. Nachher im *Dark Delights* würde sich sicherlich eine Gelegenheit finden, um die Stimmung zwischen ihnen auszuloten.

7

Neue Gefühle

Eine Stunde später verließen sie das Kino und traten hinaus in die warme Sommernacht. Tatsächlich hatten sie es geschafft, den Film ohne weitere Zwischenfälle anzuschauen, auch wenn seit dem Kuss eine unterschwellige Spannung zwischen ihnen geherrscht hatte.

„So, wohin entführst du mich jetzt?", fragte Vlad und lächelte sie an.

Einem Impuls folgend ergriff Marie seine Hand und zog ihn mit sich. „Ins *Dark Delights*. Ich habe einen Tisch für uns ergattern können."

„Wow! Das ist überraschend", antwortete er. Seine Verblüffung war ihm deutlich anzusehen. Doch dann verflocht er seine Finger mit ihren und lief neben ihr her. „Hat es einen bestimmten Grund, warum du ausgerechnet dieses Restaurant ausgesucht hast?" Neugierig musterte er sie von der Seite.

„Du meinst außer der Tatsache, dass sie auch noch mitten in der Nacht warme Küche anbieten?" Marie grinste ihn frech an. „Mit euch Blutsaugern muss man sich echt umstellen. Aber ich scheue Herausforderungen nicht."

Für einen Moment schaute Vlad zerknirscht. „Sorry. Für dich muss es wirklich merkwürdig sein."

Marie schüttelte nur den Kopf. „Mach dir keine Gedanken. Durch meine Arbeit im *Insomnia* bin ich oft genug nachts wach und ohnehin ein Morgenmuffel."

„Da habe ich wohl noch einmal Glück gehabt", sagte Vlad und wischte sich den imaginären Schweiß von der Stirn.

Leicht stieß Marie ihn an. „Ich wollte dich nur ein bisschen ärgern. Wir haben schließlich alle Eigenheiten, die wir nicht beeinflussen können."

„Du bist ein kleiner Frechdachs." Geschickt fing Vlad sie ein, zog die junge Wölfin an seine Seite und legte ihr einen Arm um die Taille. „Das gefällt mir."

Marie erschauderte und genoss die Wärme, die von dem Vampir ausging. Entgegen den Gerüchten und Klischees einiger Fantasyromane, waren sie keine ‚kalten, untoten Wesen', sondern unterschieden sich in puncto Körpertemperatur kaum von Menschen oder ihr selbst. Wenn sie sich Emilia so anschaute, dann waren sie auch in anderer Hinsicht verdammt lebendig. Zumindest machte ihre Freundin keinen sonderlich toten Eindruck, vor allem nicht, wenn sie in Gesellschaft ihres Gefährten Seth war.

Als die beiden kurze Zeit später am *Dark Delights* ankamen, wartete vor dem Restaurant noch immer eine Reihe Leute darauf, eingelassen zu werden.

„Nobler Laden", sagte Vlad und pfiff leise durch die Zähne, während er neugierig durch die großen Fenster ins Innere blickte.

Marie und er reihten sich brav ein, doch plötzlich rief jemand nach der jungen Wölfin. „Marie!"

Überrascht löste sie sich von Vlad und drehte sie sich in die Richtung, aus der ihr Name erklungen war. Vor dem Eingang entdeckte sie Maximilian, der sie zu sich winkte.

„Komm mit." Sie nahm Vladimirs Hand und zog ihn mit sich.

„Hi Max, wie komme ich zu der Ehre?", begrüßte sie den Inhaber des Restaurants, den sie durch seine Besuche im *Insomnia* ganz gut kannte.

„Guten Abend, Marie. Freunde begrüße ich immer, wenn ich im Haus bin." Der blonde Vampir zwinkerte ihr zu und musterte dann ihren Begleiter.

„Vlad, das ist Maximilian von Harras. Ihm und meinem Chef Seth gehört das *Dark Delights.* Max, das ist Vladimir, meine zauberhafte Begleitung", stellte sie die beiden Männer vor.

Diese gaben sich die Hand und schienen sich insgeheim abzuchecken, was Marie amüsiert zur Kenntnis nahm. Zwar hatte Maximilian mehrfach mit ihr geflirtet, aber da war auf beiden Seiten kein echtes Interesse dahinter gewesen. Freundschaft reichte ihnen vollkommen aus.

„Sehr erfreut, dich kennenzulernen", sagte Vlad und schlang seinen Arm wieder um Maries Taille.

„Gleichfalls", antwortete Max, dem die stille Botschaft nicht entgangen war, mit einem leichten Schmunzeln. „Kommt, ich führe euch zu eurem Platz."

„Danke!"

Schweigend folgten sie dem Vampir durch das Restaurant zu einem abgetrennten Bereich, der an einer Tür mit der Aufschrift ‚Privat' endete. Mit dem weißen Hemd und dem edlen schwarzen Anzug passte der blonde Vampir perfekt zur Einrichtung des Restaurants. Einzig das verschmitzte Funkeln in seinen Augen und der silberne Ohrring waren ein kleiner Bruch in dem seriösen Auftreten des Geschäftsmanns. Maximilian zog einen Transponder hervor und schon öffnete der Zugang sich. Staunend betraten Marie und Vlad die Lounge, die nur für Wesen aus der Schattenwelt zugänglich war – aus gutem Grund.

„Ich nehme an, ihr wollt die Spezialkarte?"

Marie nickte. „Ja bitte."

„Kommt sofort. Das ist euer Tisch", sagte Max und führte die beiden zu einem leeren Séparée. „Ich wünsche euch einen schönen Aufenthalt."

Mit einem Grinsen und Zwinkern in Richtung der jungen Werwölfin zog Maximilian sich zurück. Vladimir sah Marie fragend an.

„Ihr kennt euch schon länger, oder?"

Sie spürte, dass sich ihre Wangen leicht röteten. „Nicht wirklich. Max ist öfter im *Insomnia*, aber eher aus geschäftlichen Gründen. Er ist charmant und witzig, aber nicht meine Liga. Außerdem würde Emilia ihn einen Kopf kürzer machen, sollte er versuchen, mich ernsthaft anzugraben."

Vlad hob die Augenbrauen. „Weil er der Chef dieses Ladens ist, oder was? Wenn er sich deswegen für etwas Besseres hält, ist er wirklich ein aufgeblasener …"

Schnell hielt Marie ihm den Mund zu. „Psst! Und nein. Das wäre ihm egal, aber er schätzt seine Freiheit und ist einfach nicht mein Typ. Zudem gilt der Grundsatz, dass die Angestellten in Ruhe gelassen werden sollen, ob nun für Snacks oder Affairen ist dabei egal."

„Mhm", grummelte Vlad, was Marie ein leises Lachen entlockte.

Sachte schubste sie den Vampir auf das weiche Polster der Sitzbank und setzte sich neben ihn. Sie schlüpfte aus ihrer Jacke und hängte sie an einen der gut versteckten Kleiderhaken im Séparée.

„Du bist doch nicht etwa eifersüchtig, oder?", zog sie Vladimir auf und angelte nach der normalen Speisekarte, die sie gut gelaunt studierte.

Zwar waren die Preise gesalzen, aber heute würde sie sich ein wenig Luxus gönnen.

„Guten Abend, die gewünschte Speisekarte", begrüßte sie ein schlanker Kellner mit etwas längeren dunklen Haaren.

Zielsicher hielt er Vlad die Karte mit dem Fledermaussymbol hin, was nicht verwunderlich war, denn hier bedienten nur Wesen aus der Schattenwelt.

„Danke", antwortete ihr Begleiter leicht irritiert und zog die Augenbrauen in die Höhe.

„Darf ich dem Herrn dieses besondere Menü erklären?", erkundigte der Kellner sich.

„Gern."

Marie lauschte nur mit halbem Ohr. Sie wusste ja, dass die Spezialität des Hauses nicht nur die exzellente Küche war, sondern, dass auch Blutwirte oder -konserven angeboten wurden, was das *Dark Delights* einzigartig machte.

„Natürlich können Sie sich auch in Ruhe umsehen und so einen passenden Spender oder Spenderin auswählen“, schloss der Kellner die Erklärung.

Vladimir nickte. „Vielen Dank! Ich schaue mir das Angebot an und gebe dann Bescheid.“

„Gern. Ich bringe Ihnen noch eine kleine Vase für die Blume.“

„Vielen Dank!“, antwortete Marie.

Kurz darauf kehrte er mit einer zarten Phiole zurück, in der das Gänseblümchen seinen Platz fand. Als der Mitarbeiter wieder verschwunden war, drehte Vlad sich zu ihr um.

„Also deswegen wolltest du unbedingt hierher.“

Sie zuckte mit den Schultern. „Auf das Essen bin ich auch neugierig. Ich dachte nur, dass auf diese Weise alle satt werden.“

Erst konnte sie seine Miene nicht deuten, dann lächelte er sie an.

„Du bist sehr rücksichtsvoll, danke! Ich pflege zwar, mich vor Verabredungen zu nähren, aber trotzdem teste ich gern, was das Restaurant zu bieten hat.“ Er beugte sich zu ihr, sodass ihre Nasen sich beinahe berührten. „Darf ich?“

Marie nickte, während ihr Herz schneller schlug. Sanft legten sich Vlads Lippen auf die ihren, doch diesmal spürte sie den Hunger, der darunter lauerte. Viel zu schnell beendete er den Kuss, aber als Marie aufblickte, erkannte sie einen rötlichen Schimmer in seinen dunklen Augen. Fasziniert entdeckte sie kleine goldene Sprenkel in den beinahe schwarzen Iriden.

„War das schon vor deiner Wandlung so?", fragte sie.

„Was genau?"

„Deine Augen. Diese Farbe ist so ungewöhnlich. Ein derart dunkles Braun habe ich noch nie gesehen."

„Die meisten Leute finden sie unheimlich, und ja, das war früher schon so." Vlad lachte leise und strich sanft über ihre Wange. „Ich dachte schon, du meinst meinen überirdischen Charme", sagte er grinsend. „Der hat sich durchaus verändert."

„Vampirische Anziehungskraft und so", warf Marie wissend ein.

„Genau. Das macht vieles einfacher und manches komplizierter."

„Na zum Glück bin ich dagegen immun", witzelte sie.

„Wirklich?" Der Vampir zog die schwarzen Augenbrauen in die Höhe, dann blickte er sie herausfordernd an. „Wollen wir es austesten? Wenn du mir widerstehst, zahle ich die Rechnung. Wenn nicht …"

Er ließ den Satz unvollendet und fuhr stattdessen federleicht mit seinem Finger über ihren Hals bis zum Träger ihres Tops. Marie bekam eine wohlige Gänsehaut und schluckte mühsam.

„… dann lade ich dich trotzdem ein", flüsterte er ihr ins Ohr. „Vielleicht sogar zu mir nach Hause, falls du magst."

Bevor sie Gelegenheit hatte, zu antworten, richtete Vlad sich auf und nahm die Karte zur Hand. Da hörte auch Marie die Schritte, die sich ihrem Tisch näherten.

Zitternd atmete sie aus und griff ebenfalls zum Menü.

Als der Kellner ihre Bestellung aufgenommen sowie ihnen die Getränke gebracht hatte, war die Spannung zwischen Vlad und Marie deutlich spürbar.

„Was machst du eigentlich beruflich?“, fragte die Werwölfin, um sich davon abzulenken, wie sehr ihr Begleiter ihre Sinne reizte.

Sein angenehmer Geruch war allgegenwärtig, seine Wärme verlockend und es juckte sie ungemein in den Fingern zu erkunden, was sich unter dem edlen Hemd verbarg.

„Ich bin Fotograf.“

Maries Interesse war geweckt. „Klingt spannend. In welcher Richtung?“

„Viel Mode, aber auch Naturfotografie oder ‚lost places‘.“

„Die Zusammenarbeit mit Menschen stelle ich mir schwierig vor“, warf sie ein.

Vlad zuckte mit den Schultern. „Es geht. Meine nächtliche Aktivität wird als exzentrischer Spleen gewertet und die Qualität meiner Arbeit spricht für sich. Es flattern genug Aufträge rein, um meinen Unterhalt zu finanzieren. Davon abgesehen kann ich tun, was ich möchte, und finde eigentlich immer einen Abnehmer für meine Bilder.“

Täuschte Marie sich oder wollte er nicht über seinen Beruf reden? Zumindest klang er nicht so begeistert, wie sie es erwartet hatte. Immerhin erlebte er sicherlich so einiges als Fotograf.

Vlad wandte sich zu ihr. „Warum bist du Barkeeperin geworden? Das ist auch kein alltäglicher Beruf.“

„Zufall. Ich bin gern unter Menschen, mag es allerdings nicht, im Mittelpunkt zu stehen. Deswegen habe ich mich bei Partys mehr für die Zubereitung der tollen bunten Cocktails interessiert, als selbst welche zu trinken und zu feiern."

„Was ist mit deinem Rudel und deiner Familie? Sind sie ebenso offen anderen Wesen gegenüber wie du?"

„Mhm." Marie nippte nachdenklich an ihrem Eistee. „Das ist unterschiedlich. Meine Familie ist recht locker, mein Alpha zum Glück auch. Allerdings gibt es auch bei uns Ewiggestrige, die in allen anderen nur den alten Feind sehen und jede Veränderung verteufeln."

Sie zuckte mit den Schultern. „Ich bin selbstbewusst genug, um mich davon nicht einschüchtern zu lassen. Wenn mir die Arbeit im *Insomnia* eins gezeigt hat, dann, dass es nicht darauf ankommt, was du bist, sondern wie du dich verhältst."

„Eine lobenswerte Einstellung", meinte Vlad anerkennend. „Schade, dass die alten Vorurteile noch so verbreitet sind."

Er trank einen Schluck von seiner ‚*Bloody bloody Mary*', einem speziellen Vampircocktail mit frischem Blut, und ließ den Blick durch die Lounge schweifen. Die Séparées waren von ihnen aus nicht einsehbar, doch auf dem Weg zu ihrem Tisch hatte Marie sehr wohl bemerkt, dass dieser Bereich des *Dark Delights* gut besucht war. Da übernatürliche Wesen einander wahrnehmen konnten, wussten sie beide, dass sich hier eine bunte Mischung tummelte. Vladimir bestätigte das mit seinen nächsten Worten.

„Orte wie dieser sind eine angenehme Abwechslung. Vielleicht werden wir doch etwas toleranter."

„Schön wäre es, aber am Ende liegt es an einem selbst, ob man bereit für Neues ist oder nicht."

Ein leichtes Lächeln erschien auf Vladimirs verführerischen Lippen. Er lehnte sich zu ihr. „Bist du es denn?"

Maries Herz machte einen Satz. „Möglicherweise. Es muss mir nur die richtige Person über den Weg laufen."

Langsam kam er näher. „Und? Könnte ich das denn heute Nacht für dich sein?"

Kurz überlegte sie, ob sie erneut eine ausweichende Antwort geben sollte und entschied sich dagegen.

Ich kann tun und lassen, worauf ich Lust habe!

Mit diesem Gedanken zog sie Vlad zu sich und küsste ihn. Deutlich spürte sie sein Grinsen, bevor er mitspielte und der Kuss fordernder wurde.

„Komm danach mit zu mir", raunte er an ihren Lippen. „Hier ist wirklich nicht der richtige Ort für das, was wir offensichtlich beide wollen."

Leicht außer Atem nickte Marie. Anscheinend war es heute so weit. Nervosität stieg in ihr auf, doch der warme Blick aus Vlads dunklen Augen verscheuchte die Unsicherheit.

Als kurz darauf ihr bestelltes Essen kam, war das die perfekte Gelegenheit, Maries Nerven zu beruhigen. Theoretisch zumindest, denn jede kleine Bewegung des Vampirs jagte Schauer durch ihren Körper. Dabei legte Vlad es gar nicht darauf an, sie zu berühren. Es waren zufällige Berührungen, denn er behielt seine Hände brav bei sich. Sie saßen nur so nah, dass ihr Oberschenkel an seinen stieß.

Zufällig landete Maries Blick auf Vladimirs Arm, als der Hemdsärmel ein Stück nach oben rutschte und den Ansatz eines verschlungenen Musters freilegte.

„Du bist tätowiert?", fragte Marie zwischen zwei Bissen.

Ihre Maishähnchenbrust war so zart, dass das Fleisch förmlich auf der Zunge schmolz.

Vlad hielt überrascht beim Schneiden seines Rindersteaks inne und zupfte nervös am Ärmel, offenbar hatte er das lange Hemd nicht ohne Grund gewählt

„Ja, aber das ist eine lange Geschichte." Seinem Ton nach keine schöne. „Stört es dich?"

Die junge Werwölfin schüttelte den Kopf. „Nein. Es ist nur sehr ungewöhnlich für einen Vampir. War das Tattoo vor der Wandlung schon da?"

„Ja und nein. Ich muss sie regelmäßig nachstechen lassen, denn mein Körper baut die Pigmente teilweise ab."

„Oh, wie unangenehm."

„Es geht schon. So kann ich das Motiv auch etwas variieren. Außerdem sind wir Vampire nicht so schmerzempfindlich."

Nachdenklich aß Marie ihr vorzügliches Gericht. Das mit der Tätowierung hätte sie ihm gar nicht zugetraut. Je mehr Zeit sie mit diesem Vampir verbrachte, desto vielschichtiger wurde er. Sicherlich gab es noch einige interessante Details zu entdecken.

„Möchtest du Nachtisch?“, erkundigte Vlad sich, als ihrer beider Teller leer vor ihnen standen.

Marie schüttelte den Kopf. „Nein. Ich bin satt. Du?“

„Einen gewissen Hunger verspüre ich schon, aber nicht nach dem, was sie hier in der Karte stehen haben.“ Vladimir zwinkerte ihr zu. „Wollen wir bezahlen und dann zu mir gehen?“

Kurz dachte die Werwölfin über ihren Entschluss nach und nickte schließlich. „Gern. Aber du musst mich nicht einladen.“

„Ich möchte aber.“ Wieder hauchte er einen Kuss auf ihren Handrücken.

Ein Prickeln ging von dieser Stelle aus und verbreitete sich in ihrem ganzen Körper.

„Wo wohnst du denn?“

„Tatsächlich nicht allzu weit weg. Möchtest du laufen oder fahren?“

„Laufen ist eine gute Idee“, antwortete sie. „Ein bisschen frische Luft tut gut.“

Vlad beglich die Rechnung, dann traten sie hinaus in die warme Sommernacht und liefen durch die Straßen.

Trotz der späten Stunde waren noch einige Menschen unterwegs. Gesprächsfetzen und Lachen drangen im Vorbeigehen zu ihnen herüber. Ganz automatisch fanden sich ihre Hände, während sie durch die Nacht schlenderten. Ein laues Lüftchen umspielte sie und wehte Marie eine vorwitzige Locke vor die Nase. Zärtlich strich Vladimir die Strähne nach hinten und bedachte die junge Werwölfin mit einem liebevollen Blick.

„Du bist wirklich wunderschön. Ein wenig bedaure ich es, dass ich nie sehen werde, wie dein rotes Haar im Sonnenlicht leuchtet."

Marie schluckte. Mit diesen schlichten Worten brachte Vlad etwas in ihr zum Klingen und sie fühlte zu ihrer Überraschung ebenfalls Bedauern. Sie streckte sich ihm entgegen.

„Danke! Ich könnte dir ein Foto machen, auch wenn das nicht dasselbe ist."

„Das ist lieb von dir." Vlad lächelte und zog sie näher. „Tatsächlich ist das das Einzige, das ich manchmal vermisse. Das Spiel des Sonnenlichts ist so vielfältig und wild im Vergleich zu der eher sanften nächtlichen Beleuchtung."

Langsam ließ er seine Hände an ihren Seiten heruntergleiten, bevor sich eine beinahe zögerlich auf ihren Po legte. Marie genoss diese Berührung und auch seine Zurückhaltung. Es war ungewohnt, dass ein Mann sich derart zurücknahm, denn dass er sie wollte, konnte sie deutlich spüren.

„Ich bin kein zartes Blümchen", flüsterte sie an seinen Lippen.

„Ich weiß. Aber ich will dich so sehr, dass ich Angst habe, dich zu verschrecken", gestand er. „Dein Geruch triggert meine wilde Seite, doch ich will dich langsam erkunden und keinen Quickie."

Das Herz hüpfte aufgeregt in ihrer Brust. „Dann sollten wir uns besser beeilen, oder?"

„Gleich.“

Endlich küsste er sie hungrig. Es raubte ihr schier den Atem. Warm und fest lagen seine Lippen auf ihren. Eroberten und liebkosten erst ihren Mund, dann arbeitete er sich an ihrem Kinn entlang zu ihrem Ohr. Als Vlad sie leicht in den Hals biss, genau an der Stelle, an der ihr Blut deutlich sichtbar pulsierte, krallten sich Maries Hände in seine Arme. Dieser feine Schmerz jagte eine Welle der Lust durch ihren Körper und entlockte ihr ein leises Stöhnen.

„Zu schade, dass ich nicht von dir trinken kann“, murmelte er.

Zu ihrer Überraschung sehnte Marie sich tatsächlich danach, doch das durften sie nicht.

„Ich denke, es gibt genug andere Sachen, die du stattdessen tun kannst.“

Vladimir grinste und zog sie an seine Seite, damit sie endlich weitergehen konnten.

„Oh ja. Deswegen sollten wir uns beeilen. Die Nacht ist kurz.“

8
Das Bild

Als sie einige Zeit später vor einem ehrwürdigen alten Haus standen, war Marie das reinste Nervenbündel. Ihre innere Wölfin strich ungeduldig hin und her. Nur mit Mühe konnte Marie sich zurückhalten, den Vampir neben sich nicht einfach anzuspringen.

Verdammt! Warum geht er mir nur so unter die Haut?, fragte sie sich.

Nachdem sie jahrelang gar keine Anziehung zu einer anderen Person gespürt hatte, war das hier nun das andere Extrem.

Sie passierten ein großzügiges Treppenhaus mit historischer Bemalung und Stuck an der Decke. Das war kein Vergleich zu dem modernen Mietshaus, in dem Maries kleine Wohnung lag. Doch Vampire mochten es oft edel und konnten es sich in der Regel auch leisten.

Vlads Unterkunft lag im Souterrain, was nicht überraschend war.

Natürlich gab es mittlerweile spezielle Rollläden, die die Sonne komplett aussperrten, und auch Filter für die Fensterscheiben, trotzdem war es das Einfachste, gleich mit so wenig Fenstern wie möglich zu leben.

„Hereinspaziert, junge Dame“, lud Vladimir ein, nachdem er die Wohnungstür aufgeschlossen und das Licht eingeschaltet hatte.

Neugierig schaute Marie sich um und entdeckte im Flur die ersten Fotos. Eine Wand war mit diversen Schnappschüssen aus Vlads Leben dekoriert. Marie erkannte verschiedene Epochen und schloss daraus, dass ihr Gastgeber mindestens hundert Jahre alt sein musste.

„Darf ich dir Jacke und Tasche abnehmen?“, fragte er und deutete auf eine Garderobe aus dunklem Holz.

Erstaunlicherweise wirkte sie bei der geringen Höhe der Räume und den weißen Wänden nicht drückend, sondern fügte sich harmonisch ein.

„Natürlich. Hast du vielleicht noch ein Glas für mein Gänseblümchen?“, erkundigte sie sich und gab ihm die eingewickelte Blume.

„Aber sicher. Möchtest du auch etwas trinken? Ich führe dich gerne noch durch die Wohnung. Wir wollen ja nicht, dass du dich verläufst.“

Marie streckte ihm die Zunge heraus. „So groß ist sie nun auch wieder nicht.“

„Stimmt, aber wenn du in mein Studio stolperst, obwohl du eigentlich ins Bad möchtest, wäre es auch blöd, oder nicht?“

„Fotografierst du oft zu Hause? Vampire mögen es doch nicht, wenn andere ihr Versteck kennen“, wechselte Marie das Thema und folgte ihm zur Küche.

Obwohl die Sonne fehlte, wirkte die Wohnung durch die hellen Wände und ein geschicktes Beleuchtungskonzept einladend.

„Manchmal. Ich teile mir auch noch ein Studio in der Innenstadt mit einer Fotografin, doch bei bestimmten Aufnahmen ist die entspannte Atmosphäre hier einfach besser." Während er das sagte, nahm er ein Schnapsglas aus dem Hängeschrank und füllte es mit Wasser, bevor das Gänseblümchen darin seinen Platz fand. Schließlich drehte er sich zu ihr um. „Und, möchtest du nun etwas trinken oder hast du auf etwas Bestimmtes Lust? Ich habe auch eine gut sortierte Musiksammlung oder DVDs, wenn dir eher der Sinn danach steht."

Für einen Moment dachte Marie über das Angebot nach. Ein Teil von ihr wollte es hinauszögern, der andere scharrte ungeduldig mit den Pfoten.

„Ein Glas Wasser schadet nicht, und wenn du Musik hören möchtest, gern."

Sie bemerkte erst, dass sie nervös ihre Hände knetete, als Vlad zu ihr trat und sie sanft umfasste. Aufmerksam musterte er die junge Wölfin.

„Du hast das noch nicht oft gemacht, oder? Also, dich mit einem fremden Mann zu treffen, um Sex zu haben", stellte er treffsicher fest.

Maries Wangen röteten sich und sie senkte den Blick.

O Mann, ist das peinlich!

„Noch nie, um ehrlich zu sein …", flüsterte sie.

Vladimir spannte sich merklich an. „Noch nie, im Sinne von: noch nie mit einem Mann geschlafen?“ Die Überraschung war ihm deutlich anzumerken.

Sie nickte nur knapp und hörte, wie er geräuschvoll ausatmete.

„Okay. Damit habe ich nicht gerechnet.“ Sanft zog er Marie an seine Brust und schien zu überlegen. „Du bist sicher, dass du das hier wirklich willst? Mit mir? Ich habe auch kein Problem, wenn du nur reden und ein bisschen kuscheln möchtest.“

Da war es wieder, das Kribbeln in ihrem Bauch und diese wohlige Wärme.

Marie hob den Kopf und lächelte ihn an. „Ja zu allem. Ich bin vielleicht nicht erfahren, was bestimmte Dinge angeht, aber ich weiß durchaus, was ich will.“

Nun lächelte auch Vlad. „Na, dann kommen Sie mal mit, junge Dame.“

Er nahm ihre Hand und führte sie in den nächsten Raum, der sich als Wohnzimmer entpuppte.

„Setz dich. Ich hole dein Wasser und etwas zum Knabbern“, sagte er und deutete auf ein hellgraues Sofa, das das Zimmer dominierte und gemütlich wirkte.

Davor stand ein kleiner Tisch. Dem gegenüber befanden sich ein großer Flachbildschirm und die dazugehörige Soundanlage. Tatsächlich entdeckte Marie auch noch einen Plattenspieler samt Schallplatten. Daneben standen ein Regal voller DVDs und eins mit CDs. Offensichtlich war Vladimir ein Sammler, was Musik und Filme betraf.

Neugierig blickte sie sich um. An der Wand rechts neben dem Sofa hing ein großformatiges Bild, das auf den ersten Blick wie ein antiker Spiegel mit schnörkeligem, goldenem Rahmen wirkte. Doch statt sich selbst darin zu sehen, lag dort ein junger Mann auf einer Art Chaiselongue. Der Oberkörper war unbedeckt, sodass sie einen guten Blick auf die Tattoos an den Armen und Schultern erhaschen konnte. Obwohl das Gesicht von einer Kamera verdeckt wurde, war Marie sich sicher, dass es sich bei dem Mann um den Hausherrn handelte. Fasziniert trat sie näher und studierte die verschlungenen Muster auf seinen Armen.

„Gefällt es dir?“ Vlads Stimme erklang direkt neben ihrem Ohr, was Marie zusammenzucken ließ.

Warum müssen sich diese Blutsauger immer anschleichen?!

„Ja“, antwortete sie und drehte sich zu ihm um. „Ein ungewöhnliches Selbstporträt.“

Der Vampir lachte. „Ich hatte Langeweile. Aber das Ergebnis mag ich trotzdem, obwohl ich viel lieber hinter der Kamera bin als davor.“

„Das kann ich verstehen. Ich mag es überhaupt nicht, fotografiert zu werden.“

„Nicht?“ Vlad hob die Augenbrauen. „Schade. Dabei hast du eine sehr gute Ausstrahlung.“

„Findest du?“

Er nickte. „Klar. Moment, ich zeige es dir.“

Bevor sie etwas sagen konnte, war er schon verschwunden, nur um kurz darauf mit einer teuer aussehenden Spiegelreflexkamera aufzutauchen.

„Darf ich?“

Marie nickte zögerlich.

„Nicht verkrampfen. Blende einfach aus, dass ich da bin“, riet Vlad ihr.

Leichter gesagt als getan.

Um nicht die ganze Zeit auf die Kamera zu starren, wandte Marie sich wieder dem Bild zu. Das leise Klicken nahm sie überdeutlich wahr.

„Warum hast du die Tattoos? Sie sehen schön aus.“

Wieder ein Klicken.

„Das ist eine sehr lange und unschöne Geschichte. Ich erzähle sie dir gern ein anderes Mal, aber nur so viel: Die schwarzen Muster kaschieren etwas anderes.“

Überrascht schaute sie zu ihm. „Was denn?“

Vladimir legte die Kamera auf den Sofatisch und knöpfte sein Hemd auf. Maries Herzschlag beschleunigte sich, während sie wie gebannt verfolgte, wie der Mann vor ihr sich auszog. Erst lag ihr Fokus auf dem flachen Bauch und den definierten Brustmuskeln. Darüber schlängelte sich ein floral wirkendes Muster. Doch je länger sie es betrachtete, desto mehr fielen ihr die feinen Linien auf, die, manchmal etwas heller, kreuz und quer über die darunterliegende Haut verliefen. Marie sog erschrocken die Luft ein, als ihr klar wurde, dass das Narben waren.

„Wer hat dir das angetan?“, flüsterte sie entsetzt.

„Es ist schon sehr lange her und kein Thema für heute Nacht.“ Er zog das Hemd wieder über die Schultern, ließ es jedoch aufgeknöpft. Dann griff er sich die Kamera und kam zu Marie. „Schau. Du hast eine sehr schöne, ungekünstelte Ausstrahlung."

Überrascht blickte sie auf die Fotos, die er ihr auf dem kleinen Bildschirm präsentierte. Das erste Mal im Leben fand sie die Aufnahmen nicht schrecklich. Dazu kam, dass Vlads Nähe sie ganz kirre machte. Es verwunderte Marie, dass er bisher keinen weiteren Annäherungsversuch unternommen hatte.

Schreckt es ihn etwa ab, dass ich noch nie ...

„Und? Wie findest du sie? Ich mag das hier sehr. Da bringt das Licht deine grünen Augen zum Leuchten und die süßen Sommersprossen sieht man auch."

Tatsächlich war es ein schönes Foto.

„Das würde meiner Mutter sehr gefallen", murmelte sie in Gedanken.

Diese beschwerte sich ständig, dass sie kein gescheites Bild von ihrer Tochter hatte.

„Ich kann es gerne für dich entwickeln lassen oder wir machen einen Termin aus und schießen noch ein paar Fotos." Sanft strich er über ihren Handrücken. „Sag mir einfach, was du möchtest."

Marie schaute auf und versank förmlich in dem liebevollen Blick seiner beinahe schwarzen Augen. Dass der Vampir sie mochte, war offensichtlich, und eine angenehme Wärme breitete sich in ihr aus. Sie lehnte sich an seine nackte Brust und genoss das Gefühl seiner glatten Haut an ihrer. Gedanklich beglückwünschte Marie sich dafür, ein Top angezogen zu haben. Berührungen von Haut auf Haut waren einfach viel schöner, und um die ersten Zärtlichkeiten genießen zu können, musste sie sich nicht einmal ausziehen.

Mit einem leisen Klacken legte Vladimir die Kamera auf den Tisch zurück und umfasste stattdessen Maries Gesicht. Ihre Lippen fanden einander zu einem leichten Kuss, der jedoch bald an Intensität zunahm.

„Du musst mich nicht mit Samthandschuhen anfassen", murmelte sie. „Ich will das hier und bin keine ängstliche Jungfer, die von Tuten und Blasen keine Ahnung hat."

„Oh doch, du hast es verdient, langsam verführt zu werden", widersprach Vladimir lächelnd.

Er beugte sich zu ihr herunter und bedeckte ihren Hals und Schultern mit federleichten Küssen. Ein wohliger Schauer lief Maries Rücken hinunter. Sie schloss die Augen und legte den Kopf leicht in den Nacken.

„Mhm", schnurrte Vlad. „Wenn du mir deine zarte Kehle derart präsentierst, würde ich am liebsten hineinbeißen."

Tatsächlich spürte die Werwölfin nun die Spitzen seiner Fänge auf ihrer Haut. Leicht schabte er darüber und jagte kleine Blitze durch Maries Leib. Leise stöhnend klammerte sie sich an seine Arme.

„Mehr", forderte sie und erschrak über ihre ungewöhnlich raue Stimme.

Vladimir zog sie näher an sich und erkundete ihren Körper mit Mund und Händen. Erst blieb er bei den unverfänglichen Stellen, doch dann wagte er sich langsam weiter vor, strich über ihren Bauch hinauf zur Brust oder streichelte ihren Po.

Marie genoss diese Berührungen und wusste es zu schätzen, dass er so rücksichtsvoll war. Allerdings wuchs ihre Ungeduld immer mehr und ebenso das Bedürfnis, endlich Haut an Haut mit Vlad im Bett zu liegen. Marie streifte ihm das Hemd von den Schultern, dann machte sie sich an ihren eigenen Klamotten zu schaffen.

„Du kannst es wohl nicht mehr abwarten?", witzelte Vladimir, half ihr jedoch völlig uneigennützig, diese lästigen Stofflagen zu entfernen.

„Ich habe lange genug gewartet." Entschlossen sah sie den Vampir an. „Wenn du nicht mehr willst, dann sag es jetzt."

Es blitzte rötlich in seinen Augen. „Natürlich möchte ich dich noch. Ich wollte dich nur nicht überfallen."

Mit einem Ruck zog er sie an sich und küsste sie so leidenschaftlich, dass Marie Hören und Sehen vergingen. Nur noch in Slip und BH stand sie vor ihm, was ihr eine Gänsehaut bescherte. Deutlich konnte sie seine Erregung riechen und auch spüren, denn die Härte, die gegen ihren Venushügel drückte, war definitiv kein verirrtes Stativbein.

„Lass uns ins Schlafzimmer gehen. Das Sofa wäre keine gute Wahl – vor allem nicht beim ersten Mal."

Mit diesen Worten umfasste Vladimir ihren Po und hob sie hoch. Instinktiv schlang Marie die Beine um seine Hüften, nur um im nächsten Moment aufzustöhnen. Der ungewohnte Kontakt war so intensiv, dass ihr leicht schummrig wurde. Vlad durchquerte zielstrebig Wohnzimmer und Flur, bevor er an der nächsten Tür kurz innehielt, um diese zu öffnen. Mit dem Ellenbogen schaltete er das Licht ein, dann warf er die Tür hinter sich ins Schloss und setzte Marie auf dem großen Bett ab.

„Sag bitte, wenn dir etwas unangenehm ist oder ich aufhören soll.“

Sie nickte. „Das werde ich.“

Aufmerksam beobachtete sie, wie der Vampir sich entkleidete. Als er in seiner ganzen Pracht vor ihr stand, musste sie schlucken. Er war ein echter Leckerbissen. Schlank und nur dezent muskulös, nicht so aufgepumpt wie viele der Werwölfe, die sie kannte. Vor allem ein Teil von ihm drängte sich in den Vordergrund, doch die junge Wölfin versuchte, sich auf eher unverfängliche Stellen wie seinen Oberkörper mit den interessanten Tattoos zu konzentrieren. Es schienen eine Art keltische Knoten zu sein, die immer neue Motive bildeten. Links entdeckte sie einen Schlangenkopf, rechts etwas, das sie an einen Wolf erinnerte.

Als Vlad sich zu ihr aufs Bett setzte, fuhr sie das Muster mit dem Zeigefinger nach und spürte die leichten Unebenheiten unter ihren Fingerspitzen.

Irgendjemand muss sich an ihm ausgetobt haben. Das sind verdammt viele.

Ein kalter Schauer lief ihren Rücken hinunter.

„Was ist? Stößt es dich so sehr ab?“, flüsterte Vlad.

Marie schüttelte den Kopf. „Nicht die Narben, aber das Wissen, dass dir jemand derartig wehgetan hat.“

Sie beugte sich vor und küsste eines der Wundmale auf seiner Schulter. Vlad seufzte leise und legte die Hände auf ihre Taille. Doch dort blieben sie nicht lange. Sie wanderten über ihren Rücken nach oben und vorn. Sachte strichen sie über Maries Arme, bevor sie die Konturen ihres BHs nachzeichneten. Geschickt öffnete der Vampir den Verschluss und streifte das Kleidungsstück ab. Vladimir besah sich, was er freigelegt hatte, und leckte sich über die Unterlippe.

„Auch auf die Gefahr hin, dass ich mich wiederhole, aber du bist wirklich perfekt."

Zärtlich umfasste er ihre Brüste und küsste Marie. Diese schlang ihre Arme um seinen Hals. Mit einem Ruck zog Vlad sie an sich und ließ sich mit ihr in die Mitte des Bettes fallen.

Mit Händen und seinem Mund erkundete er sie und zog heiße Spuren über ihre Haut. Der Kontrast zwischen den eher sanften Berührungen und der drängenden Leidenschaft ihrer Küsse sorgte dafür, dass Marie bald vor Sehnsucht unter Vlad erzitterte. Gerade wenn er seine spitzen Zähne einsetzte, schickte er regelrecht Stromstöße durch ihren Leib, der verlangend unter ihm zuckte. Seine Zunge umkreiste eine ihrer Brustspitzen, bevor er daran saugte und Marie ein Stöhnen entlockte. Die Lust ballte sich in ihrem Schoß zusammen und verlangte danach, endlich gestillt zu werden.

„Mehr!", forderte Marie und hob ihr Becken an, um diesen lästigen Slip ausziehen.

„Wie du wünschst." In Vladimirs Stimme schwang ein dunkles Grollen mit.

Seine Augen waren mittlerweile blutrot und die Fänge vollständig ausgefahren. Ein Anblick, der sicherlich so manchen in die Flucht geschlagen hätte, doch die junge Frau wusste, dass sie sich nicht fürchten musste. Dieser Vampir war keine Gefahr für sie.

Als er sich über ihren Bauch nach unten küsste, hielt Marie den Atem an. Vlad beobachtete sie genau, während er ihren Schatz erkundete. Sanft streichelte er ihre Vulva und umkreiste ihren Lustpunkt. Stöhnend schloss Marie die Augen und gab sich ganz seinen kundigen Händen hin. Es war einfach berauschend, so von ihm berührt zu werden.

Instinktiv spreizte sie die Beine und biss sich auf die Lippe, als er vorsichtig mit einem Finger in sie eindrang. Es fühlte sich seltsam und gleichzeitig sehr schön an. Als Vlad den Finger leicht krümmte und einen besonders sensiblen Punkt stimulierte, krallte Marie ihre Hände in das Bettzeug.

„Gut oder zu viel?“

Statt etwas zu erwidern, streckte sie ihm das Becken entgegen und ein neuer Schauer der Lust durchlief ihren Leib.

Vladimir lachte leise und widmete sich dann der Aufgabe, Marie vor Verlangen wahnsinnig zu machen. Geschickt reizte er sie, bis sie sich regelrecht unter ihm wand und nach Erlösung flehte.

„Bitte!“, keuchte die Werwölfin.

Statt sie noch länger zappeln zu lassen, intensivierte er seine Liebkosungen und endlich überrollte Marie der Höhepunkt. Sie wurde regelrecht davongerissen und klammerte sich haltsuchend an Vlads Schultern.

Schwer atmend öffnete Marie die Augen und begegnete seinem liebevollen und gleichzeitig hungrigen Blick.

„Zufrieden?“

Sie hätte gern gelacht, war allerdings noch zu überwältigt von den ganzen neuen Sinneseindrücken. Stattdessen zog sie den Vampir zu sich nach oben und küsste ihn. Es war seltsam und gleichzeitig berauschend, sich selbst an ihm riechen und schmecken zu können.

„Willst du mehr oder reicht dir das?“

Vlads Stimme war nicht viel mehr als ein dunkles Grollen und bescherte Marie eine wohlige Gänsehaut. Überdeutlich spürte sie seine Erregung. Aufgrund ihrer Position bekam sie einen guten Eindruck von seinem besten Stück, das sachte gegen ihren Oberschenkel drückte. Obwohl es ein Leichtes gewesen wäre, drängte der Vampir sich nicht zwischen ihre Beine.

„Du darfst gerne weitermachen“, antwortete sie und veränderte ihre Position so, dass er endlich dort war, wo sie ihn haben wollte.

Verlangend rieb sie sich an ihm und brachte sie damit beide zum Stöhnen.

„Du bringst mich wirklich noch um den Verstand“, keuchte er und biss die Zähne zusammen.

Neugierig hob Marie ihr Becken an und spürte, wie seine Erektion gegen ihren Eingang drückte. Sie probierte ein wenig hin und her.

„Oh!“, entkam es Marie, als die Spitze in sie glitt.

Das war etwas ganz anderes als ein Finger, doch der Druck in ihrem Inneren war angenehm. Vladimir stützte sich auf seine Arme und richtete sich auf. Dadurch drang er noch tiefer ein. Marie stöhnte und streckte sich ihm entgegen. Behutsam wagte er sich Stück für Stück vor, bis er sie schließlich vollkommen ausfüllte.

Kein Schmerz, nichts.

Es war ungewohnt, aber trotzdem angenehm. Vladimir ließ ihr Zeit, um sich an das neue Gefühl und seine Größe zu gewöhnen. Tiefe Zuneigung durchflutete die junge Werwölfin, denn sie konnte deutlich spüren und auch sehen, wie viel Beherrschung es den Vampir kostete, nicht einfach seinen Bedürfnissen zu folgen. Offenbar hatte sie sich den perfekten Mann für ihr erstes Mal herausgepickt, denn so rücksichtsvoll wären vermutlich die wenigsten gewesen.

„Du musst dich nicht meinetwegen quälen", flüsterte sie. „Ich bin nicht aus Glas."

Vlad schmunzelte und schüttelte den Kopf. „Du bist unglaublich, Marie."

Dann bewegte er sich endlich wieder. Langsam zog er sich zurück, um erneut in sie zu gleiten. Verzückt schloss Marie die Augen und passte sich seinen Bewegungen an. Mit der Zeit steigerte Vladimir das Tempo und auch die Intensität. Marie schlang ihre Beine um seine Hüften und ließ sich von ihm mitreißen. Schneller als gedacht, bahnte sich ihr zweiter Höhepunkt an. Als sie diesmal kam, riss sie Vlad mit sich.

Mit rasendem Herzen lag sie im Bett und hielt ihn ganz fest an sich gedrückt. Sie genoss den Nachhall ihrer Lust ebenso wie das Gefühl von Vlad auf und in ihr. Einen besseren Mann hätte sie sich nicht aussuchen können.

„Danke!“, sagte sie und küsste ihn mit all der Zuneigung, die sie für ihn empfand.

„Immer gern“, murmelte Vladimir und strich ihr sanft eine verirrte Locke aus der Stirn.

Eine Weile lagen sie aneinander gekuschelt da. Seine Hand streichelte träge über Maries Rücken, während sie fasziniert die dunklen Muster auf seiner Haut nachfuhr. Immer wieder küssten sie sich und schwelgten in der Nähe des anderen.

„Wollen wir duschen oder baden gehen?“, fragte Vlad schließlich.

Marie strahlte ihn an.

„Gern.“ Dann überlegte sie. „Wäre ein Schaumbad mit einem Glas Wein zu dekadent?“

Vlad lachte und küsste ihre Nasenspitze. „Niemals! Ich bringe dich ins Badezimmer und schau mal, was ich habe. Süß oder eher herb?“

„Wenn du den Wein meinst, dann lieblich oder halbtrocken. Sonst nehme ich auch gern noch ein Glas Wasser.“

„Kommt sofort, Madame.“

Vladimir legte seine Arme um sie und drehte sich dann auf den Rücken. Mit Schwung richtete er sich auf, sodass Marie sich gut festhalten musste. Sicheren Schrittes durchquerte er die Wohnung, bis er die junge Frau schließlich im Bad absetzte. Diese staunte.

„Du hast eine Eckbadewanne!“, rief sie begeistert.

„Die normalen Wannen waren mir irgendwie zu klein.“ Er deutete auf das Regal daneben. „Such dir einen Badezusatz aus und lass ruhig schon einmal das Wasser ein. Ich hole deinen Wein."

Kurz säuberte er sich, dann verschwand der Vampir und ließ Marie allein zurück. Summend verschloss sie den Abfluss und drehte den Wasserhahn auf, dann gab sie etwas von dem angenehm nach Mandeln duftenden Badezusatz ins Wasser, bevor sie schnell auf die Toilette ging. Zufrieden ließ sie sich schließlich in der Wanne nieder und konnte ihr Glück kaum fassen. Mit Vladimir hatte sie anscheinend das große Los gezogen.

Lächelnd lehnte sie sich zurück und freute sich auf das gemeinsame Bad.

9
Verbotene Früchte

Mit Weinglas und Flasche in der einen und einer Schüssel Himbeeren in der anderen Hand schlenderte Vladimir summend von der Küche ins Bad. Auf dem Hinweg hatte er die Musikanlage eingeschaltet, sodass jetzt leise Chopins sanfte Klaviertöne durch die Wohnung schwebten.

Kopfschüttelnd bemerkte er sein Dauergrinsen.

Offensichtlich hat meine Besucherin wirklich einen großen Einfluss auf mein Gefühlsleben. So unbeschwert und beschwingt habe ich mich schon ewig nicht mehr gefühlt.

Er konnte noch immer nicht glauben, dass Marie noch nie mit einem Mann zusammen gewesen war. Natürlich hatte Vlad kleinere Unsicherheiten bemerkt, aber sie hätte auch einfach nur schüchtern sein können. Es hatte schließlich niemand groß ‚Jungfrau' auf der Stirn stehen. Entgegen der landläufigen Meinung gab es da auch körperlich keine Merkmale. Da musste kein Häutchen durchstoßen und der Durchgang geöffnet werden, kein Blut fließen.

Manchmal geschah Letzteres, weil sich die Muskulatur zu sehr verspannte oder die Person schlicht noch nicht bereit für die Penetration war. Man sollte einfach nur behutsam sein und es so entspannt wie möglich angehen. Das war ihm glücklicherweise gelungen und tatsächlich war ihr erstes Mal offenbar auch erfüllend für Marie gewesen.

Vlad wusste, dass es ohne seine sensiblen Sinne sicherlich schwieriger geworden wäre, herauszufinden, was seine Partnerin mochte und was nicht. Seit seiner Wandlung zum Vampir war er noch viel mehr darauf bedacht, den Damen Freude zu bereiten als früher. Nun bekam er immerhin auch deutlich mit, ob es echte Gefühle waren oder nur Schauspielerei.

Als er das Badezimmer betrat und Marie mit geschlossenen Augen in der Wanne liegen sah, spürte er ein seltsames Ziehen in der Brust.

Warum nur hat diese junge Wölfin so eine Macht über mich?

Während er sich lautlos näherte, ließ er seinen Blick genüsslich über ihre Gestalt wandern. Noch reichte ihr das Wasser nur bis knapp über den Nabel, was genug interessante Stellen für ihn freiließ. Nur zu gut konnte er sich daran erinnern, wie sich diese kleinen festen Brüste in seinen Händen angefühlt hatten. Auch die zarte Haut zwischen Schulter und ihrem Ohr bettelte förmlich darum, mit den Lippen erkundet zu werden.

Erschrocken stellte Vlad fest, dass seine Fänge ausgefahren waren.

Ich will Marie beißen und ihr Blut trinken, wurde ihm bewusst. *Aber warum?! Sie ist doch eine Werwölfin.*

Kopfschüttelnd vertrieb er diese wirren Gedanken und drängte seinen inneren Dämon zurück.

Jetzt möchten wir uns einfach nur entspannen und die gemeinsame Nacht genießen. Ob wir das hier wiederholen, steht auf einem anderen Blatt. Ich hätte nichts dagegen einzuwenden.

„Der Wein für die Dame", sagte er leise und hielt Marie das Glas hin.

Überrascht öffnete sie die Augen und lächelte ihn glücklich an. „Danke!"

Sie ergriff es und hielt es ruhig, während er ihr den gewünschten Wein eingoss. Dann fiel ihr Blick auf die Schale mit den Himbeeren, die Vladimir auf dem Wannenrand abgestellt hatte.

„Für einen Vampir bist du erschreckend gut mit Lebensmitteln eingedeckt."

Schmunzelnd stieg er ihr gegenüber in die Wanne und genoss das warme Wasser auf seiner kühlen Haut.

„Durch die Arbeit habe ich viel mit Menschen oder Nichtvampiren zu tun, und die wollen in der Regel etwas Essbares oder ein Getränk haben. Außerdem esse ich selbst ab und an, auch wenn ich es nicht müsste."

Maries Augenbrauen wanderten nach oben und sie warf ihm einen skeptischen Blick zu. „Verwöhnst du alle deine Besucherinnen so wie mich?"

Er lachte gut gelaunt und naschte eine Himbeere. „Nein. Was meine Badewanne und mein Bett angeht, bin ich sehr wählerisch."

Ihre Anspannung verflog und Marie lehnte sich zurück. Vorsichtig nippte sie an ihrem Glas.

„Eifersüchtig?", zog Vlad sie scherzhaft auf und rückte näher.

„Ich weiß nicht. Vielleicht. Für mich ist das alles neu", gab sie zu. „Der Wein ist übrigens lecker, danke!"

„Gern." Er zwinkerte ihr zu. „Ein paar Dinge habe ich auch nur für den Fall gekauft, falls du mit hierherkommen solltest. Es gibt sogar frische Brötchen."

Mit großen Augen sah sie ihn an. „Du hast wirklich an alles gedacht, oder?"

„Lieber zu viel Essen im Haus als zu wenig." Vladimir zuckte mit den Schultern. „Du musst nicht hier übernachten, wenn du nicht möchtest. Es würde mich freuen, aber ich könnte auch verstehen, wenn du nach Hause willst. Immerhin war das hier eine spontane Entscheidung."

„Mhm." Marie betrachtete den Vampir nachdenklich. „So langsam bekomme ich den Eindruck, dass du auf mehr als nur einen One-Night-Stand abzielst."

Unbehaglich wich er ihrem Blick aus und nahm sich lieber noch eine Himbeere. „Eventuell. Ich weiß ehrlich gesagt nicht, was ich mir erhoffe. Erfahrungen haben mich gelehrt, keine allzu großen Erwartungen zu hegen." Er hielt ihr die Schale hin. „Magst du?"

„Gern." Behutsam stellte Marie das Weinglas auf dem kleinen Vorsprung neben der Wanne ab und griff zu.

„Was möchtest du denn?", fragte er.

„Keine Ahnung. Ich werde mich überraschen lassen." Die junge Werwölfin lächelte ihn an. „Ich bin in den letzten fünfundzwanzig Jahren nicht durch die Betten gehüpft und habe auch nicht vor, das ab jetzt zu tun." Sie rutschte näher und lehnte den Kopf an seine Schulter. „Emilia hat mich quasi als Retourkutsche bei *Shadowheart* angemeldet. Große Hoffnungen habe ich mir gar nicht erst gemacht und ehrlich gesagt waren auch nur Idioten dabei – du bist die einzige Ausnahme."

Erleichterung durchflutete ihn bei ihren Worten. „Vielen Dank für das Kompliment."

Gemeinsam lachten sie.

„Ich habe kein Problem damit, bis zum Frühstück zu bleiben. Geplant war es nicht, aber ich bin flexibel und muss erst morgen Abend wieder zur Arbeit", antwortete Marie schließlich auf seine ursprüngliche Frage.

„Dann bleib. Sicherlich finden wir etwas, um uns die Zeit so angenehm wie möglich zu vertreiben."

Er legte ihr einen Arm um die Schulter und gab ihr einen Kuss. Marie kam ihm entgegen. Erst war sie noch zurückhaltend, dann wurde sie immer leidenschaftlicher. Vlad benötigte seine feinen Sinne nicht, um zu erraten, dass Marie wieder erregt war.

Schwungvoll wechselte sie die Position und setzte sich rittlings auf seinen Schoß, was ihm ein zustimmendes Brummen entlockte. Seine Finger fuhren über ihren Rücken hinunter zu ihrem knackigen Po und zogen sie noch näher.

„Wolltest du dich nicht ein bisschen entspannen?", fragte Vladimir sie belustigt.

„Das mache ich doch."

Neugierig erkundete sie seinen Oberkörper und zeichnete die dunklen Linien des Tattoos nach. Der Vampir war sehr froh, dass die Narben Marie nicht störten. Obwohl sie gut verheilt und größtenteils durch die Muster verdeckt waren, konnte man die vielen feinen Linien durchaus spüren. Sie hatten schon mehr als eine Frau abgestoßen und tatsächlich konnte er das niemandem verübeln.

„Nicht so viel grübeln, Vlad", flüsterte sie und küsste seine Halsbeuge.

Der Dämon in ihm drängte an die Oberfläche, doch noch hatte er sich im Griff.

„Sei vorsichtig mit derlei Gesten. Vampire beißen gern und gerade finde ich dich viel zu appetitlich für eine Wölfin."

Maries Augen weiteten sich, dann senkte sie den Blick. „Es würde mich schon interessieren, wie es sich anfühlt. Man sagt eurem Biss ja einiges nach."

Ein leises Knurren entkam Vlad, weil er sich unweigerlich vorstellte, wie es wäre, seine Fänge in ihrem zarten Hals zu versenken. Dieser Gedanke gefiel ihm viel zu gut.

Verdammt!

„Provoziere es lieber nicht. Im Gegensatz zu den Menschen kann ich dich nicht in meinen Bann ziehen. Du würdest also unweigerlich Schmerzen haben", erklärte er ihr und erinnerte sich gleichzeitig selbst daran, dass das eine bescheidene Idee wäre. „Außerdem vertragen wir euer Blut nicht. Es vergiftet uns angeblich regelrecht. So sehr es mich auch reizen würde, es geht leider nicht."

Marie seufzte. „Dann vergessen wir es einfach und machen stattdessen das, was ungefährlich ist. Immerhin haben wir schon den Vorteil, dass wir uns um Verhütung und Krankheiten keine Sorgen machen müssen."

Lächelnd schmiegte sie sich an Vladimir und küsste ihn. Nur zu gern erwiderte er den Druck ihrer Lippen und liebkoste ihren schlanken Körper mit den Händen. Es freute Vlad, dass Marie die Initiative ergriff und ihrer Neugier folgte. Die Werwölfin war sehr leidenschaftlich und er stellte sich nur zu gern als Übungsobjekt zur Verfügung. Frech wanderten ihre Finger über seine Brust und seinen Bauch nach unten, bis sie im Wasser zwischen ihren Körpern verschwanden. Als sie seine Erektion umfasste, holte Vlad hörbar Luft.

So intensiv wie ich auf diese junge Dame reagiere, dürfte es eine Herausforderung werden, ihrer Erkundungstour standzuhalten, ohne die Führung zu übernehmen.

„Alles okay?" Marie wirkte verunsichert.

„Ja. Lass dich nicht von mir stören. Ich versuche einfach nur, dir Raum zu geben, statt über dich herzufallen." Sein aufmunterndes Lächeln fiel leicht gequält aus.

Das brachte sie zum Lachen.

„Mein edler Ritter. Dann sollte ich besser dafür sorgen, dass sich dein Opfer auch lohnt."

Mit diesen Worten setzte sie ihre Erkundung fort. Sie strich erst sanft über sein bestes Stück, bevor sie fester zupackte und mit der Hand daran hoch- und heruntерglitt.

Stöhnend schloss Vladimir die Augen und ließ den Kopf gegen den Wannenrand sinken.

Schnell hatte Marie herausgefunden, wie sie ihn am besten verwöhnen konnte und nutzte das schamlos aus. Obwohl sie ihn halb wahnsinnig vor Verlangen machte, fand Vlad es unglaublich faszinierend, sie dabei zu beobachten. Ihre Wangen waren gerötet, die vollen Lippen leicht geöffnet und ihre wunderschönen grünen Augen leuchteten nun in einem warmen Goldton.

Diesen Anblick würde ich nur zu gern mit der Kamera festhalten. Allerdings nur für mich und mit Maries Zustimmung.

Jeglicher sinnvolle Gedanke verschwand kurz darauf aus seinem Kopf, denn Marie war wirklich geschickt. Schnell hielt Vlad ihre Hand fest, bevor sie ihn über den Abgrund schicken konnte.

„Ich glaube, das möchtest du nicht im Badewasser haben."

„Nicht? Wir könnten ja hinterher noch duschen", antwortete sie frech.

„Verruchte, kleine Wölfin", knurrte er, musste dann allerdings lachen. „Wenn du darauf bestehst, werde ich dich nicht abhalten."

Vladimir ließ sie los und umfasste stattdessen ihren Po. Genüsslich knetete er ihn, bevor seine Finger zwischen ihre Beine wanderten. Maries Griff um seine Erektion wurde fester, als er nun seinerseits anfing, sie zu liebkosen. Stöhnend schloss die junge Werwölfin die Augen.

„Möchtest du mehr?"

„Du spielst unfair", beschwerte sie sich halbherzig.

„Nur ein bisschen. Ich komme schon noch auf meine Kosten, wenn wir aus der Wanne raus sind."

Leise brummend gab sie ihn frei. Das nutzte Vladimir aus, um Marie umzudrehen, sodass sie nun mit dem Rücken an seiner Brust lehnte. Zufrieden küsste er ihren zarten Hals, während er sich ihren Brüsten widmete, die perfekt in seine Handflächen passen.

Der Geruch von Maries Erregung berauschte ihn regelrecht und das immer schneller werdende Pulsieren unter der weichen Haut zog ihn magisch an. Leicht kratzte er mit den Fängen darüber und konnte sich erst im letzten Moment davon abhalten zuzubeißen. Die Frau in seinen Armen stieß ein Geräusch aus, das Sehnsucht und Bedauern erkennen ließ und ihn schier wahnsinnig machte. Hungrig nach verbotenen Früchten, drehte er ihr Gesicht sanft ein Stück zu sich und eroberte stattdessen ihren süßen Mund.

Geschickt reizte Vlad die junge Wölfin, die bald darauf ihren Höhepunkt erreichte. Ihre Finger krallten sich in seine Arme und ihr verführerischer Leib erzitterte. Unbeabsichtigt landete sein Mund genau dort, wo er nichts zu suchen hatte.

Bevor Vlad wusste, was er tat, hatte seine dämonische Seite übernommen. Marie stöhnte leise, als seine Fänge in ihre Haut eindrangen. Warm strömte das Blut in seinen Mund und Vladimir schloss verzückt die Augen. Noch nie hatte er etwas Derartiges gekostet, so vollmundig und mächtig schmeckte ihr Lebenssaft.

Einzigartig. So wie diese besondere Frau in meinen Armen.

Einen Augenblick lang genoss Vlad das Aroma, das durch Maries Höhepunkt noch süßer war.

„Vladimir“, flüsterte sie und streckte sich ihm entgegen.

Ihre Körper rieben sich aneinander und steigerten den Rausch der Lust noch.

Ein leises Klirren holte ihn in die Realität zurück, als das Weinglas gegen die geflieste Wand stieß. Schlagartig wurde Vlad bewusst, was er da tat. Erschrocken zuckte er zurück und beobachtete, wie sich zwei rote Punkte auf Maries heller Haut bildeten.

Verdammt!

Schnell versiegelte er die Bisswunde und atmete tief durch. Vladimirs Sinne waren geschärft und trotzdem kam es ihm vor, als wäre sein Kopf wie in Watte gepackt.

„Marie, jetzt bitte nicht panisch werden“, sagte er, als seine Sicht zu flackern begann.

Die junge Werwölfin drehte sich zu ihm um und fasste sich erschrocken an den Hals.

„Oh nein!“

Dann wurde es dunkel um ihn herum.

10
Böses Erwachen

Mit rasendem Herzen sah Marie zu, wie Vlad zusammensackte. Zum Glück reagierte ihr Körper besser als ihr durch die Leidenschaft noch leicht vernebelter Verstand. Schnell hielt sie den Vampir fest und drückte ihn gegen den Wannenrand. Theoretisch würde Vladimir es auch überstehen, wenn er unter Wasser landete, aber sie wollte diese Situation nicht noch verschlimmern.

Das mit der Unverträglichkeit von Werwolfblut ist also wirklich wahr, stellte sie bedauernd fest. Von Vladimir gebissen zu werden, war überraschend angenehm gewesen. *So etwas habe ich noch nie erlebt und werde es wohl auch nicht noch einmal.*

Besorgt musterte sie diesen faszinierenden Mann. Da Vampire keine richtigen Vitalfunktionen hatten, war es schier unmöglich zu sagen, wie schlimm es um ihn stand. Marie beruhigte nur das Wissen, dass Vlad vorhin erst menschliches Blut zu sich genommen hatte und Vampire generell nicht leicht zu töten waren. Ihr Körper regenerierte sich wahnsinnig schnell und neutralisierte die meisten Gifte. Trotzdem würde sie in diesem Moment alles dafür geben, damit Vladimir die Augen öffnete und sie anlächelte.

Ich muss ihn irgendwie aufwecken!

Ein Schmerzreiz war eine Möglichkeit, aber Marie war nicht lebensmüde. Vampire im Verteidigungsmodus konnten selbst ihr als Werwölfin gefährlich werden. Ihr Blick irrte durch das Badezimmer und blieb an der geräumigen Duschkabine hängen.

Das könnte funktionieren. Wenn ich ihn ohne Unfall dorthin bekomme.

Vorsichtig stand sie auf und lehnte Vladimir gegen den Wannenrand. Dann kletterte sie aus dem Wasser und lief zur Dusche. Diese stellte Marie so kalt wie möglich, bevor sie zurückging, ihre Hände unter Vlads Achseln schob und kräftig zog. Erst passierte gar nichts, weshalb Marie ihre Anstrengungen verdoppelte.

„Nun komm schon!"

Plötzlich kam Bewegung in die Sache. Vlads scheinbar lebloser Körper glitt schwungvoll aus der Wanne und Marie stolperte überrascht zurück. Beinahe verlor sie dabei das Gleichgewicht, schaffte es jedoch, sich wieder zu fangen, ohne ihn fallenzulassen.

Puh, das war knapp. Nicht auszudenken, wenn ich am Ende auch noch bewusstlos auf dem Boden gelegen hätte …

„Zum Glück bist du kein Brocken", keuchte sie und schleifte den Vampir zur Duschkabine.

Zwar war Marie stärker als ein Mensch, aber deswegen konnte sie Vlad leider trotzdem nicht mühelos von einem Ort zum nächsten tragen. Unter der Dusche angekommen, schlang Marie einen Arm um Vladimir und betete, dass er lange genug aufrecht stehenbleiben würde. Dann holte sie tief Luft und öffnete den bis zum Anschlag auf kalt gedrehten Wasserhahn.

„Huch!“

Marie zuckte zusammen, als das eisige Wasser sie traf. Gleichzeitig ging ein Ruck durch Vlads Körper und ein gefährliches Fauchen ertönte. Schon im nächsten Moment wurde sie schwungvoll mit dem Rücken gegen die kühlen Fliesen gedrückt und starrte in blutrote Augen.

Obwohl sie sich fürchten sollte, überflutete die Erleichterung Marie. „Gott sei Dank!“

Überschwänglich schloss sie den Vampir in ihre Arme, was in Anbetracht der Situation schon ein wenig lebensmüde war. Doch das Glück war auf ihrer Seite und Vladimir offenbar zu verdattert, um zu reagieren. Nur einen Augenblick später ließ die Anspannung in seinem Körper spürbar nach und er erwiderte ihre Umarmung.

„Marie“, seufzte er, dann eroberte er auch schon ihren Mund.

Maries Angst entlud sich, sodass der Kuss wilder wurde als beabsichtigt. Wie im Fieber drängte sie sich an ihren Vampir und spürte das eiskalte Wasser überhaupt nicht mehr. Vladimir schien es ähnlich zu gehen, denn schon im nächsten Moment hob er sie hoch und platzierte sich zwischen ihren Beinen. Stöhnend verschränkte Marie ihre Knöchel über seinem Hintern, als Vlad in sie eindrang. Es war kein Vergleich zu dem zärtlichen Liebesspiel von vorhin. Das hier war wild und rau, trotzdem war es genau richtig.

Schwer atmend lehnten sie an der Wand, während das kalte Wasser über ihre erhitzten Körper lief. Wie ein kleines Klammeräffchen hing Marie an Vlad, der sie fest an sich gedrückt hielt und seinen Kopf in ihrer Halsbeuge vergraben hatte. Diesmal zum Glück jedoch, ohne von ihr zu naschen.

„Geht es dir gut?“, brummte er.

„Ich denke schon“, antwortete Marie.

Eine Gänsehaut bildete sich auf ihren Armen, denn langsam wurde das kühle Nass dann doch unangenehm. Als hätte er ihre Gedanken gelesen, drehte Vladimir das Wasser wärmer. Absetzen wollte er Marie offenbar noch nicht. Stattdessen zog er sie näher.

„Das war eine interessante und gleichzeitig beängstigende Erfahrung“, sagte er und hob den Kopf, um ihr ins Gesicht zu sehen. „Ich hoffe, ich habe dir nicht wehgetan?“

Sie lächelte. „Nein, alles gut. Ich bin schließlich nicht aus Zucker.“

„Dabei schmeckst du so süß, dass ich fast süchtig werden könnte.“

Maries Augen wurden groß. „Süßes Blut?“

„Klar. Darin ist ja auch Glukose enthalten und Erregung erzeugt auch eine besonders leckere Note.“ Schuldbewusst blickte er Marie an. „Ich habe keine Ahnung, warum ich so auf dich reagiere. Normalerweise stößt uns euer Blut ab, aber dir konnte ich einfach nicht widerstehen.“

Hitze stieg in ihr auf, als sie sich an den rauschartigen Zustand erinnerte, in den sein Biss sie versetzt hatte.

„Es hat sich verboten gut angefühlt. Nur das mit deiner Ohnmacht war nicht so schön."

„Tut mir leid. Es kommt nicht wieder vor." Bedauern stand in seinem Blick. „Ich wollte dich nicht ängstigen, aber du hast mich sehr effektiv aus meinem unfreiwilligen Nickerchen geholt."

Behutsam stellte er Marie auf die Füße, wobei er sie festhielt, bis sie wieder genug Gefühl in den Beinen hatte, um nicht umzufallen. Erschöpfung bemächtigte sich ihrer. Die Nacht war sehr ereignisreich gewesen und so langsam brauchte Marie eine Pause.

„Du gehörst ins Bett, Liebes." Zärtlich streichelte Vlad über ihre Wange.

Dann griff er nach dem Duschgel und wusch sie beide.

Als Marie schließlich im Bett lag, summte ihr Körper angenehm. Ihre Lider wurden schwer und seufzend schmiegte sie sich an Vladimir.

„Gute Nacht."

Er legte den Arm um die junge Wölfin und gab ihr einen sanften Kuss. „Träum süß, Marie."

Mit einem Lächeln auf den Lippen schlief sie ein.

11
Polaroid

Fasziniert betrachtete Marie das Foto in ihrer Hand. Sie war eben aufgewacht und kurz im Bad verschwunden, als sie auf dem Rückweg im Flur an der Wand mit den Schnappschüssen aus Vlads Leben angehalten hatte. Unverhofft war ihr einer vor die Füße gesegelt. Es war kein gewöhnliches Bild oder ein Ausdruck, sondern eines der selten gewordenen Polaroidfotos.

Dieses hier schien etwas älter zu sein. Zumindest hatte es einen leichten Gelbstich und die Kleidung der Personen darauf wirkte altmodisch, vielleicht sechziger Jahre. Es zeigte Vlad und eine junge Frau, die offenbar viel Spaß zusammen hatten, denn sie lachten und wirkten glücklich.

Wer sie wohl gewesen sein mag?, grübelte Marie. *Seine Geliebte oder eine Freundin?*

„Guten Morgen!"

Ertappt zuckte die Werwölfin zusammen und blickte zu dem Hausherrn, der lautlos hinter sie getreten war.

„Guten Morgen! Du bist ja ein echter Frühaufsteher."

Der Vampir schlang seine Arme um ihre Taille und zog sie an sich.

„Manchmal. Außerdem wäre es doch eine Schande, wenn ich schlafen würde, während eine so bezaubernde Frau in meiner Nähe ist."

Seufzend schloss Marie die Augen, als er leicht an ihrem Hals knabberte. Hitze und Vorfreude stiegen in ihr auf, erinnerte sie sich doch sehr gut an das, was sie in der letzten Nacht alles getan hatten. Als er unvermittelt in seiner Bewegung innehielt, wusste sie, dass Vlad das Foto entdeckt hatte.

„Es tut mir leid, ich wollte nicht schnüffeln. Als ich mir die Fotowand genauer anschauen wollte, fiel es herunter", schilderte Marie, wie sie zu dem Bild gekommen war.

Vorsichtig nahm er ihr das Polaroid ab. Sie spürte, dass er tief Luft holte.

„Seltsam, dass ausgerechnet dieses dir in die Hände gefallen ist", murmelte er und wirkte betrübt. „Das habe ich ewig nicht mehr gesehen."

Marie erstarrte. „Was? Ich habe wirklich nicht ..."

„Schsch. Ich unterstelle dir gar nichts. In meinem kreativen Chaos kann es schon passieren, dass einem plötzlich Dinge vor die Füße fallen. Wahrscheinlich ist es einfach unter die anderen gerutscht und war deswegen nicht zu sehen." Der Vampir musterte sie nachdenklich.

„Wart ihr ein Paar?", fragte Marie zögerlich.

Vladimir schüttelte den Kopf. „Nein. Vielleicht wären wir es geworden oder zumindest Freunde, doch das hatte offenbar nicht sein sollen. Dieses Foto entstand auf einer Geburtstagsfeier eines Freundes von mir. Wir stolperten praktisch ineinander und unterhielten uns lange. Allerdings musste sie zeitig gehen, denn am nächsten Morgen hätte sie eine wichtige Prüfung gehabt. Nur leider kam sie nie zu Hause an. Ein übermüdeter Autofahrer verlor die Kontrolle über sein Fahrzeug und überfuhr sie."

Marie schluckte. „Das tut mir leid. Ich wollte keine schlechten Erinnerungen wecken."

„Ach, alles gut." Mit einem wehmütigen Lächeln steckte Vlad das Foto zurück zu den anderen Bildern, die an der Wand hingen oder angepinnt waren. „Es erinnert mich nur daran, die Chancen zu ergreifen, wenn sie sich bieten." Mit diesen Worten drehte er sich zu Marie um und küsste sie. „Darf ich dich noch einmal ins Bett entführen, bevor ich Frühstück mache?", erkundigte er sich.

„Sehr gern."

Lachend hielt sie sich fest, als er sie hochhob und zügig mit ihr ins Schlafzimmer lief.

Als sie schließlich am Frühstückstisch saßen, war es beinahe Mittag. Gut gelaunt schmierte Marie Fruchtgelee auf ihre Brötchenhälfte und biss hinein. Vladimir saß ihr gegenüber und begnügte sich mit einem Apfel. Typisch Vampir bevorzugte er Flüssignahrung, auch wenn er manchmal eine Ausnahme machte. Kaffee trank er allerdings genauso gern wie Marie, was ein glücklicher Umstand war.

„Kochst du gern?“, fragte sie, denn die Küche wirkte so, als würde sie öfter benutzt werden.

Diverse Kochutensilien standen herum und einige Kräuter hingen getrocknet oder in Messingtöpfen von der Decke.

„Ja, obwohl es mir meist an willigen Testessern fehlt. Ich esse so wenig, dass es sich für mich allein einfach nicht lohnt. Trotzdem experimentiere ich gern und probiere neue Rezepte aus. Ab und an gehe ich auch ins Restaurant, um neue Geschmackserlebnisse zu haben. Durch meine Arbeit war ich in vielen verschiedenen Ländern und Essen ist einfach ein fester Bestandteil der Kulturen.“

„Möglicherweise erkläre ich mich zukünftig bereit, wenn du magst.“

Vladimir lächelte sie an. „Immer gern.“

Maries Herz machte einen freudigen Satz.

Vielleicht ist das hier ja wirklich der Anfang einer erfüllenden Beziehung.

12
Verwandlung

Unruhig tigerte Marie hin und her. Heute war Vollmond und damit würde sie die Nacht unweigerlich als Wölfin verbringen. Leider stand der Mond jetzt schon am Himmel, auch wenn seine Macht durch die Sonne noch gedämpft wurde. Trotzdem fühlte Marie sich, als hätte sie an einen Weidezaun gefasst und wäre unfähig, diesen loszulassen.

„So ein verdammter Mist!", fluchte sie.

Ihre Wohnung wirkte bedrückend eng. Der Blick aus dem Fenster war verführerisch. Der Drang, hinauszugehen und zu rennen, wurde immer größer, obwohl es noch zwei Stunden dauern würde, bis sie sich mit ihrem Rudel zum Ausflug treffen konnte. Gemeinsam waren sie stark und der Ort, an dem sich die Werwölfe jeden Vollmond austobten, lag geschützt von neugierigen Blicken.

„Gott! Ich halte das nicht mehr aus!"

Der Verzweiflung nahe griff sie nach ihrem Handy sowie dem Wohnungsschlüssel und verließ schnellen Schrittes das Haus.

Wie von unsichtbaren Fäden gezogen, strebte sie von ihrem Heim fort zu einem Ort, den sie selbst nicht benennen konnte. Sie musste sich zwingen, nicht zu schnell zu laufen, denn damit würde sie die Menschen nur verschrecken. Trotzdem flog die Umgebung als bunter Wirbel an ihr vorbei.

Erst als sie vor einer massiven Holztür stand und ihr ein Name auf dem Klingelschild entgegensprang, realisierte sie, wo sie war.

Warum bin ich ausgerechnet bei ihm gelandet statt bei meiner Familie?, fragte sie sich.

Eigentlich hätte sie sich in die Sicherheit des Rudels flüchten müssen, stattdessen scharrte ihre innere Wölfin mit den Pfoten und wollte zu Vlad. Kurz zögerte Marie, dann drückte sie den entsprechenden Knopf. Während sie auf eine Reaktion wartete, lief sie ungeduldig hin und her.

„Hallo?", schallte es gedämpft aus der Gegensprechanlage.

„Ich bin's, Marie. Darf ich reinkommen?"

„Klar, Moment."

Da ertönte auch schon der Summer. Marie stürmte förmlich durchs Haus und rannte beinahe jemanden um.

„Sorry!", murmelte sie und hastete weiter.

Im Untergeschoss angekommen, riss sie die leicht geöffnete Wohnungstür auf und schlug diese mit einem Knall hinter sich zu.

„Wow! Was ist denn ..."

Weiter kam Vladimir nicht, denn Marie stürzte sich auf ihn und küsste ihn leidenschaftlich. Gleichzeitig machten sich ihre Hände daran, den Vampir von den lästigen Klamotten zu befreien und dirigierte ihn Richtung Schlafzimmer. Dort schubste sie ihn aufs Bett und riss sich förmlich die Kleider vom Leib, bevor sie zu Vlad auf die Matratze sprang. Sogleich war sie über ihm und ihre Körper verschmolzen miteinander. Es war ein wilder Ritt, an dessen Ende Marie zufrieden auf seiner Brust zusammenbrach.

„Wow. Das war plötzlich. Ist alles in Ordnung mit dir?“, erkundigte Vlad sich und streichelte ihr über den Rücken.

„Ja. Tut mir leid wegen des Überfalls.“ Ein wenig außer Atem schaute die junge Werwölfin ihn an und spürte, wie sich ihre Wangen röteten. „Der Vollmond macht mich wahnsinnig.“

„Ah, okay. Daran habe ich gar nicht gedacht. Die Sonne geht allerdings gleich unter.“

Noch während er das sagte, spürte Marie schon das vertraute Ziehen und Kribbeln in ihrem Körper. Schnell kletterte sie von ihrem Liebhaber, denn ihre innere Wölfin drängte nach außen. Marie hatte sich eben auf den Fußboden gehockt, da sprossen bereits die ersten rötlichen Haare aus ihrem Handrücken. Ihre Gliedmaßen verformten sich, wurden einheitlich und dann war es auch schon vorbei.

„Eine sehr interessante Show, die du mir gerade geboten hast“, sagte Vladimir und bewunderte den großen rötlichen Wolf, der nun vor seinem Bett saß.

„Ich habe noch nie eine Verwandlung so hautnah miterlebt.“ Vlad streckte ihr die Hand hin. Die Wölfin ließ sich die Ohren kraulen und ein sehr zufriedenes Brummen erklang. Der Vampir klopfte neben sich auf die Matratze. „Komm hoch. Du musst nicht auf dem Fußboden schlafen.“

Freudig sprang Marie zu ihm. Vladimir lachte.

„Ich wollte schon immer mal mit einem riesigen Wolf kuscheln."

Marie schmiegte sich an ihn und seufzte. Obwohl das ungewöhnlich für einen Werwolf war, fühlte sie sich pudelwohl und hatte nicht vor, von Vlads Seite zu weichen.

Sollen die anderen doch durch den Wald jagen. Ich bin dort, wo ich hingehöre.

„Du bist ein sehr flauschiges Wärmekissen, weißt du das?", neckte der Vampir sie.

Träge öffnete Marie ein Auge und brummte. Mehr als diese Art der Kommunikation war bis Sonnenaufgang nicht möglich, doch das fand sie gerade überhaupt nicht schlimm.

Sanft kraulte Vladimir sie und schien sich nicht daran zu stören, dass seine Geliebte plötzlich sehr haarig war. Erst jetzt wurde Marie bewusst, welche Tragweite ihr Auftauchen hier tatsächlich hatte. Es wäre durchaus möglich gewesen, dass der Vampir nicht auf Tuchfühlung mit ihrer animalischen Seite hätte gehen wollen.

„Ich muss später noch jagen. Soll ich dich danach nach Hause bringen oder möchtest du hierbleiben?"

Kurz überlegte Marie. Ganz entgegen ihren sonstigen Gewohnheiten zog sie nichts nach draußen und in ihre leere Wohnung wollte sie nicht zurück. Daher legte sie ihren Kopf auf Vlads Brust und schloss die Augen. Sein leises Lachen spürte sie deutlich als Vibration an ihrer Schnauze.

„Ich deute das mal so, dass du hierbleiben willst. Wir sollten uns vor dem nächsten Vollmond vielleicht eine Art Wörterbuch ‚Wölfisch für Anfänger' oder so besorgen."

Marie zwinkerte ihm zu. Immerhin das konnte sie in ihrer aktuellen Form ohne Probleme.

„Ich finde, mit deiner Wölfin könnte man auch schöne Fotos schießen. Durch diese besondere Färbung deines Fells wären sie garantiert ein echter Hingucker", sinnierte Vladimir. „Du auf einer mondbeschienenen Waldlichtung, erst halb von Farnen und Bäumen verdeckt, dann mitten im Mondlicht. Vielleicht später auch noch als geheimnisvolle Frau. Mhm", grübelte er. „Mit ein wenig Trickserei könnte ich auch die Wölfin und dich auf ein Bild bekommen. Das wäre genial."

Die Begeisterung war deutlich in Vladimirs Stimme zu hören. Tatsächlich fand Marie diese Idee nicht schlecht, obwohl sie eigentlich kamerascheu war.

Offenbar gelingt es diesem Blutsauger wirklich, mich aus meinem Schneckenhaus zu locken.

„Natürlich nur, wenn du möchtest. Lass dich nicht von meinen verrückten Einfällen abschrecken."

Als Antwort leckte Marie über Vlads Wange.

„Hey!", beschwerte er sich lachend. „Wolfsküsse sind ein bisschen zu feucht für meinen Geschmack."

Sie verzog ihre Lefzen zu einem wölfischen Lächeln, bevor sie es sich wieder gemütlich machte und die Augen schloss.

Daran könnte ich mich wirklich gewöhnen …

Nachdenklich kraulte Vladimir Maries weiches Fell. Ihrem ruhigen Atem nach war sie anscheinend eingeschlafen. Ihr Auftauchen hatte den Vampir überrascht, denn normalerweise zog es die Werwölfe raus in die Natur und zu ihrem Rudel.

Dass Marie ausgerechnet bei ihm gelandet war, löste zwiespältige Gefühle in ihm aus. Einerseits bedeutete es, dass sie ihm vertraute und sich wohl bei ihm fühlte, andererseits hieß das für ihn, dass er Marie endlich von den unschönen Fakten erzählen musste. Bisher hatten sie seine Vergangenheit oft nur gestreift und tatsächlich verspürte Vlad leichte Angst, ihr von der Sache mit Irina zu berichten. Sie kannten sich noch nicht lange, daher war es gut möglich, dass Marie sich von ihm abwenden würde.

Da werde ich wohl in den sauren Apfel beißen und ihr reinen Wein einschenken müssen. Je eher ich es hinter mich bringe, desto besser, sprach er sich gedanklich Mut zu.

Zwar wäre es sehr schmerzhaft, falls Marie nichts mehr von ihm wissen wollte, doch besser jetzt als später, wenn ihre Beziehung zueinander noch stärker war.

Noch eine Weile lauschte er ihrem ruhigen Atem und dem kräftigen Herzschlag, dann stand er vorsichtig auf. Auf Zehenspitzen schlich Vladimir aus dem Schlafzimmer. Er musste trinken, denn mit Marie in seiner Nähe würde es sonst ein Unglück geben. Auf noch eine Ohnmacht konnte er gut verzichten.

Nur knapp hatte er sich vorhin zurückhalten können, von der süßen Werwölfin zu naschen. Es war, als würde ihr Blut ihn regelrecht anziehen, was eigentlich nicht sein durfte. Nur jetzt, in ihrer tierischen Gestalt, war sie vor ihm sicher. Richtiges Wolfsblut war wirklich nichts für ihn.

Leise verließ Vladimir seine Wohnung. Gerade als er nach draußen in die Nacht trat und seinen Schlüssel in der Hosentasche verstaute, fiel ihm ein protziger schwarzer Wagen auf der gegenüberliegenden Straßenseite auf.

Merkwürdig. So ein Auto habe ich hier in der Gegend noch nie gesehen, wunderte er sich.

Normalerweise herrschten hier Kleinwagen oder Familienkutschen vor, aber keine SUVs oder solche offensichtlich teuren Limousinen. Die Fenster des Fahrzeugs waren so dunkel getönt, dass selbst er mit seinen deutlich besseren Augen nicht hindurchblicken konnte. Was er jedoch spürte, war eine leichte Aggression, die eindeutig ihm galt.

Wer kann das nur sein?

Als er einen Schritt auf den Wagen zumachte, erwachte dieser zum Leben und raste mit hoher Geschwindigkeit direkt auf ihn zu. Instinktiv sprang Vlad zurück und rettete sich in den nächsten Hauseingang. Gerade noch rechtzeitig lenkte der Fahrer oder die Fahrerin zur Seite, um der Kollision mit einer Straßenlaterne zu entgehen.

So leicht kommst du mir nicht davon!

Vlad lief aus seinem Versteck und von hinten auf das Auto zu. Bevor er den Wagen jedoch erreichen konnte, gab der Fahrer Gas. Mit quietschenden Reifen raste er davon. Fassungslos und wütend starrte Vladimir dem Auto hinterher.

Verdammt! Was zu Hölle war das denn gewesen?

Während er noch überlegte, ob er die Verfolgung aufnehmen sollte, kam ihm ein unguter Verdacht.

Irina! Dieses Miststück!

Vlad schauderte allein bei dem Gedanken an das durchtriebene Model. In diesem Moment war er sehr froh, dass Marie sicher in seinem Schlafzimmer schlief und dieses in den nächsten Stunden auch nicht verlassen würde.

Ich muss unbedingt mit ihr reden und sie warnen. Auch auf die Gefahr hin, dass sie sich von mir abwendet.

Mit einem Seufzer drehte er sich um und begab sich auf die Suche nach einem geeigneten Spender. Der Hunger war Vladimir vergangen, doch der Blutdurst musste gestillt werden, wenn er eine Katastrophe vermeiden wollte.

Als Marie am nächsten Morgen erwachte, schaute sie direkt in Vladimirs faszinierende Augen. Zu ihrer Überraschung wirkte er müde und besorgt.

„Guten Morgen“, sagte sie und kuschelte sich enger an ihn.

„Guten Morgen.“ Er lächelte sie an, doch es erreichte seine Augen nicht.

„Was ist los? Habe ich etwas falsch gemacht?“

„Nein. Ganz und gar nicht.“ Vlad setzte sich auf und fuhr sich mit den Händen über das Gesicht. „Ich muss mit dir reden, Marie. Da gibt es etwas, das …“ Weiter kam er nicht, denn plötzlich schrillte ihr Telefon.

Erschrocken sprang Marie aus dem Bett.

„Verdammt! Das ist sicherlich meine Mutter." Hektisch wühlte sie in ihren Klamotten nach dem Smartphone. Tatsächlich war ihre Mutter am anderen Ende. „Hallo?"

„Marie! Endlich! Wir haben uns solche Sorgen um dich gemacht. Wo bist du denn und warum warst du gestern nicht beim Rudeltreffen?"

Diese und noch mehr Fragen prasselten auf sie ein, während das schlechte Gewissen sie übermannte.

„Es tut mir leid, Mama. Ich bin bei einem Freund", setzte Marie an, als ihre Mutter eine Pause machte, um Luft für den nächsten Teil ihrer Gardinenpredigt zu holen.

„Wie bitte?! Du bist erwachsen, aber es ist nun wirklich nicht zu viel verlangt, sich abzumelden. Jetzt kommst du sofort her, junge Dame!" Mit diesen Worten hatte ihre Mutter auch schon aufgelegt.

„Mist!", fluchte Marie und sah Vlad entschuldigend an. „Es tut mir leid. Ich habe gestern einfach nicht nachgedacht und muss das jetzt mit meiner Familie klären."

„Alles gut. Wir reden später, okay?"

„Ich melde mich, versprochen."

Schnell gab sie Vladimir einen Kuss, bevor sie in ihre Sachen schlüpfte. Jetzt musste sie dringend nach Hause und duschen. Ohne das sowie frische Kleidung konnte sie ihrer Mutter wirklich nicht gegenübertreten.

Sie warf Vlad einen sehnsüchtigen Blick zu, der immer noch grübelnd auf seinem Bett saß. Den Morgen hatte sie sich ganz anders vorgestellt. Doch für Kuscheln und ein gemeinsames Frühstück war zu ihrem Bedauern nun wirklich keine Zeit.

13
Bommeln

„Echt jetzt? Das kann doch nicht dein Ernst sein!“

Entgeistert schaute Marie ihre Freundin Emilia an, die ihr eine dicke grüne Pudelmütze mitsamt großer Bommel hinhielt.

Sie hatten sich bei der Werwölfin getroffen, um mal wieder entspannt quatschen zu können. Außerdem war Emilia sehr neugierig, was es mit Vlad auf sich hatte. Bisher hatte Marie sich sehr bedeckt gehalten, denn sie wusste selbst noch nicht genau, wohin die Reise führen würde und was sie sich von dem Vampir erhoffte.

Nach ihrem plötzlichen Abgang vor zwei Tagen hatten sie leider noch keine Gelegenheit gehabt, sich zu treffen. Ihre erste Priorität war es gewesen, ihre zurecht wütende Familie zu beruhigen. Diese hatte es gar nicht lustig gefunden, dass Marie ohne ein Wort dem Rudeltreffen ferngeblieben war und sich stattdessen in fremden Betten gewälzt hatte.

Zum Glück war es ihr gelungen, die Wogen zu glätten, doch das hieß auch, dass sie mit der Sprache herausrücken und ihrer Familie sagen musste, dass sie einen Freund hatte. Dass es sich dabei um einen Vampir handelte, war nicht unbedingt auf Begeisterung gestoßen, doch Marie hoffte, dass ihre Eltern Vladimir akzeptieren würden, wenn sie sich irgendwann begegneten.

Gestern Nacht hatte Max Marie noch einmal an das morgige Sommerfest im *Dark Delights* erinnert und gefragt, ob sie und Vlad nun kommen wollten. Sie hatte zugesagt. Zudem hoffte sie, dass sich danach eine Möglichkeit ergab, ungestört mit Vladimir zu reden und sich zu entschuldigen. Außerdem hatte sie nicht vergessen, dass er ihr etwas Wichtiges erzählen wollte.

Emilia kringelte sich vor Lachen und holte sie damit in die Gegenwart zurück. „Dein Gesichtsausdruck! Einmalig!"

„Haha, sehr witzig!" Marie stemmte die Hände in die Hüften.

Eigentlich wollten sie zusammen ein schönes Outfit für ihr morgiges Date beim Sommerfest heraussuchen. Bei Temperaturen, die selbst nachts nicht unter zwanzig Grad Celsius sanken, war diese Bommelmütze wirklich das Letzte, was Marie tragen würde.

„Nun hab dich nicht so." Ihre Freundin grinste noch immer.

Die schlanke Vampirin hatte ihre langen braunen Haare zu einem Pferdeschwanz zusammengefasst und sah in ihrem dunkelblauen Jumpsuit mal wieder umwerfend aus. Ein wenig beneidete Marie sie um die Eleganz, die Emilia zu eigen war.

„Ich hätte nicht gedacht, dass du überhaupt etwas mit derartig großen Bommeln besitzt. Das ist doch eigentlich nicht dein Stil."

Die Werwölfin zuckte mit den Schultern und ließ sich auf ihr Bett fallen. Dann seufzte sie leise.

„Es war eines der letzten Geschenke von meiner Oma, kurz bevor sie starb. Sie hat sie selbst gestrickt. Ich trage die Mütze allerdings so gut wie nie, obwohl sie tatsächlich sehr warm und weich ist. Aber wenn ich sie verlieren würde, wäre ich untröstlich."

„Das kann ich sehr gut verstehen. Solche Erinnerungsstücke von geliebten Menschen haben immer einen besonderen Wert, auch wenn sie vielleicht nicht den eigenen Geschmack getroffen haben." Die Vampirin schaute nun selbst betrübt.

Sie war noch verhältnismäßig jung, daher lag der Verlust ihrer Familie erst einige Jahrzehnte zurück. Sorgsam legte Emilia die Mütze wieder in den Schrank und zog stattdessen ein hellblaues Sommerkleid hervor.

„Wie wäre es damit? Das betont deine schlanken Beine und ist auch nicht zu warm oder zu aufgedonnert." Emilia zwinkerte ihr verschmitzt zu. „Außerdem ist es auch sehr praktisch, falls Vlad und du wieder übereinander herfallen solltet."

„Emilia!!!"

„Was denn? Dass ihr Sex hattet, kann ich zehn Meter gegen den Wind riechen. So wie du strahlst, war er gut. Dieser Vlad scheint dir zu gefallen."

Verlegen blickte Marie zu Boden. „Das tut er. Ich mag ihn wirklich und denke, dass das auf Gegenseitigkeit beruht."

Emilia setzte sich neben sie auf das Bett und drückte sanft Maries Hand. „Das freut mich sehr. Dann brauchst du den Ausflug ins *Literary Passion* ja gar nicht zu machen oder zumindest nicht wegen des speziellen Service."

„In dieser Hinsicht bin ich wirklich gut versorgt und benötige keinen Host, um mich von meinem langweiligen Dasein zu erlösen. Vladimir hat da genug Ideen und bisher gefällt mir, was er macht", sagte sie mit einem verträumten Lächeln.

Ihre Freundin zwinkerte ihr zu. „Sehr gut. Wenn er dich jedoch verletzen sollte, bekommt er es mit mir zu tun."

Nun war es an Marie, zu lachen. „Danke! Aber ich denke, das wird nicht nötig sein. Wir lassen es auf uns zukommen und werden sehen, ob es eine kurze Phase ist oder etwas Ernstes wird."

„Nun, ich hätte da eine Vermutung." Emilia grinste. „Ihr schafft das schon. Jetzt bist du ja auch für das Sommerfest gut gekleidet."

„Ich kann immer noch nicht glauben, dass Max mich eingeladen hat."

„Warum denn nicht? Er mag dich und deinen Vampir scheinbar auch."

Lächelnd dachte Marie an die erste Begegnung der beiden Männer. „Na hoffentlich müssen sie diesmal nicht wieder ihr Revier markieren. Ich kann gut darauf verzichten, dass mir jemand ans Bein pinkelt."

Bei diesem Gedanken mussten beide lachen.

„So schlimm wird es schon nicht werden", versicherte Emilia ihr. „Falls doch, rette ich dich vor so viel geballtem Testosteron und wir machen uns eine schöne Nacht ohne die Herren."

„Da wird Seth aber begeistert sein …“

„Der überlebt das auch. Ich freue mich jetzt schon auf das gute Essen und du dich sicherlich auch über leckere Cocktails, die du nicht selbst mixen musstest.“

„Ja, das ist wirklich eine angenehme Abwechslung“, stimmte Marie ihrer Freundin zu.

„So. Das Outfit haben wir. Wollen wir die Nacht unsicher machen?“

Marie nickte. „Gern. Du brauchst schließlich auch noch etwas zum Essen.“

Elegant erhob Emilia sich. Vampiren war eine besondere Art der Bewegung eigen. Alles wirkte so fließend und leicht bei ihnen, sodass Marie sich manchmal wie ein Trampel neben ihnen vorkam. Außer bei Vlad. Dieser bewegte sich zwar auch beinahe lautlos und mit einer natürlichen Geschmeidigkeit, trotzdem war in seiner Gegenwart alles irgendwie anders.

Was das zu bedeuten hatte, würde Marie noch herausfinden.

„Du bist sehr zurückhaltend, was Vlad angeht“, stellte Emilia einige Zeit später fest.

Die beiden Frauen hatten sich eine kleine Bar ausgesucht, in der sie in Ruhe reden und die warme Sommernacht genießen konnten.

„Mhm? Wie meinst du das?“

„Ich weiß, dass du keine Plaudertasche bist, aber ich hätte schon erwartet, dass du mehr von ihm erzählen würdest. Was macht er? Woher kommt er und so weiter?“

„Er ist Modefotograf, anscheinend auch sehr erfolgreich.“ Marie seufzte. „Was seine Vergangenheit angeht, ist er tatsächlich nicht sonderlich gesprächig. Ich kann es ihm noch nicht einmal verübeln, weil da wohl einige unschöne Erlebnisse dabei sind.“ Sofort hatte sie die Narben vor Augen, die Vlad mit den Tattoos zu kaschieren versuchte.

„Er ist unglaublich zuvorkommend und lieb. Allerdings spüre ich, dass ihn etwas beschäftigt. Ich hatte bisher nur keine Gelegenheit, ihn darauf anzusprechen. Das letzte Mal, als er reden wollte, kam meine wütende Familie dazwischen.“

Emilia sah sie verständnisvoll an. „Gib euch beiden etwas Zeit. Ihr seid doch erst frisch zusammen, da will man nicht immer direkt mit der Tür ins Haus fallen. Allerdings solltest du auch auf dein Bauchgefühl hören. Wenn dir etwas merkwürdig vorkommt, dann sprich mit ihm darüber. Manchmal sind die Leute auch schlicht nicht das, was man erwartet hatte.“

Marie stützte das Kinn auf ihre Hand und schaute gedankenverloren durch das große Fenster nach draußen.

„Mitunter traue ich meinen eigenen Gefühlen nicht. So lange hat mich niemand faszinieren können. Plötzlich taucht Vlad auf und haut mich völlig vom Hocker.“ Verlegen lachte sie. „Das klingt wahrscheinlich bescheuert, aber manchmal habe ich Angst, dass ich ihn nur romantisiere, weil ich so unerfahren bin.“

„Intensive Gefühle können einen überfordern. Meine erste Begegnung mit Seth war damals auch nicht unbedingt harmonisch."

Marie nickte.

„Stimmt. So schnell habe ich dich noch nie rennen sehen. Du sahst aus, als hättest du einen Geist getroffen, und hast nicht einmal auf meine Rufe reagiert."

Ihre Freundin schaute nun ebenfalls aus dem Fenster und schwelgte offenbar in Erinnerungen. „Wenn dein Vampir so ein Gentleman ist, hast du es auf jeden Fall leichter. Bei Seth schwanke ich an manchen Tagen echt zwischen dem Wunsch, ihn zu küssen oder ihn für seine Arroganz in den Hintern zu treten."

Nun musste Marie schmunzeln. „Ihr seid beide sehr temperamentvoll. Da ist es normal, dass ihr euch mal in die Haare kriegt. Bei Vladimir und mir ist es hingegen immer erschreckend harmonisch. So sehr, dass ich unbewusst nach dem Haar in der Suppe suche."

„Glaub mir, wenn ihr lange genug zusammen seid, wirst du schon irgendetwas finden, das dich stört", meinte Emilia und zwinkerte ihr zu.

„Wahrscheinlich hast du recht", antwortete Marie. „Für mich ist das alles so ungewohnt. Eigentlich will ich nur die Zeit mit ihm genießen, ohne mir Gedanken über morgen oder seine Vergangenheit machen zu müssen."

„Kommt Zeit, kommt Rat. Wenn du reden willst, ruf einfach an. Egal um welche Uhrzeit, okay?"

„Danke!"

Die Vampirin zog eine Mappe aus ihrer Handtasche und legte sie auf den Tisch. „Jetzt will ich aber deine Meinung zu meinen jüngsten Kreationen hören."

Staunend betrachtete Marie die Zeichnungen ihrer Freundin. „Ich bin immer wieder beeindruckt, was du da zu Papier bringst." Die mystischen Figuren wirkten so lebensecht, dass es die Werwölfin nicht verwundert hätte, wenn sie ihr plötzlich zuwinken würden. „Wofür hast du sie angefertigt?"

„Ich dachte, es wäre Zeit, die Bilder im *Insomnia* zu erneuern. Die Damen haben lange genug auf die halb nackten Kerle geschaut. Mit diesen Bildern hier wird das Thema des Clubs besser aufgegriffen, wie ich finde."

„Mhm." Nachdenklich blätterte Marie durch die einzelnen Bilder. „Sind das Episoden aus der Traumwelt?"

Emilia nickte. „Es ist unglaublich, was die Traumwandler nur mit ihrem Willen alles erschaffen können."

„Seth ist bestimmt sehr einfallsreich", sagte Marie und grinste.

Sie wusste, dass Inkuben und Sukkuben ihre Opfer oft über Träume heimsuchten und ihnen besonders schöne oder auch schreckliche Nächte bescherten, um ihnen etwas von ihrer Lebensenergie zu rauben.

Nun war es an Emilia, ein wenig verlegen zu schauen. „Ist er. Da wir die Abmachung getroffen haben, dass er die Finger von anderen Frauen lassen soll, was seine erotischen Fantasien angeht, bin ich Testobjekt Nummer eins."

Das brachte Marie zum Lachen. „Es gibt sicherlich Schlimmeres. Aber ich kann dir sagen, dass Seth sich damals noch einmal gehörig Respekt verschafft hat, als die Jungs von der Security Mist gebaut haben, sodass Seba im Club für Ärger sorgen konnte."

Mit sichtlichem Schaudern dachte Emilia an diesen Augenblick zurück. „Oh ja, Seth in Aktion zu erleben, war echt einprägsam. Obwohl es lächerlich ist, vergesse selbst ich manchmal, dass in ihm ein Dämon steckt."

„Wir sind eben alle nur ‚Menschen'."

„Das stimmt." Die Vampirin drückte ihre Hand. „Vertraue einfach deinem Herz, Marie. Gefühle sind nicht logisch oder erklärbar, das bedeutet aber nicht, dass es falsch ist, ihnen zu folgen."

„Ich versuche es."

„Gut. Ich freue mich schon sehr darauf, deinen Vlad morgen kennenzulernen. So wie du strahlst, wenn du von ihm erzählst, kann er gar nicht so verkehrt sein."

„Ich hoffe, ihr versteht euch."

Für Marie war es wichtig, was Emilia von dem Vampir halten würde. Nichts wäre schlimmer, als wenn ihre Freundin nicht mit ihm auskäme.

„Bestimmt."

14 Sonnentau

Freudig und ein wenig aufgeregt näherte Marie sich dem *Dark Delights.* Die Musik war schon seit dem letzten Häuserblock zu hören und nun war die Menschenschlange vor dem Restaurant auch nicht mehr zu übersehen.

Leicht nervös strich sie über das blaue Sommerkleid und überprüfte die Hochsteckfrisur, zu der sie sich hatte hinreißen lassen. So wie sie ihre störrischen Locken kannte, würden diese sich schon bald aus den Spangen und Haarnadeln lösen und wie wild vom Kopf abstehen.

Wahrscheinlich bin ich zu aufgedonnert. Wobei – so exklusiv wie der Laden ist, bin ich eher underdressed.

Unschlüssig blieb Marie vor der Schlange stehen, die auf den ersten Blick nur aus jungen Menschen zu bestehen schien, und überlegte, ob sie sich einreihen sollte. Doch da erkannte sie einen gesonderten Einlass für geladene Besucher. Von der Kleidung her schien sie ganz gut gewählt zu haben und würde in der Menge nicht unangenehm auffallen.

Für einen Moment hatte Marie das Gefühl, beobachtet zu werden und wandte sich um, um nachzusehen, was dahintersteckte. Nur aus dem Augenwinkel nahm sie eine dunkle Gestalt wahr, die eben auf der anderen Straßenseite im Schatten der Häuser verschwand.

Merkwürdig.

„Guten Abend, Schönheit“, flüsterte eine tiefe Stimme in ihr Ohr und starke Hände legten sich auf ihre Hüften.

Maries Herz mache einen Satz. Dieser Mann war ihr mittlerweile sehr vertraut.

„Vlad!“

Freudig drehte sie sich zu ihm um. In der schwarzen Anzughose und dem weißen Hemd sah er zum Anbeißen aus.

„Zu Ihren Diensten.“

Lächelnd zog dieser sie an sich, um sie zu küssen. Marie legte ihre Arme um seinen Nacken und kam ihm dadurch noch näher. Sanft vibrierte sein Lachen in ihrem Körper.

„Mhm. Wenn du mich so begrüßt, dann werde ich mich in den nächsten Stunden sehr beherrschen müssen“, meinte er belustigt.

Sie musste nicht fragen, was er meinte, denn die Reaktion seines Körpers spürte sie an einer bestimmten Stelle sehr deutlich.

„Vielleicht hege ich die zarte Hoffnung, dass du hinterher mit zu mir kommst“, flüsterte sie.

Automatisch verstärkte sich der Druck an ihren Hüften.

„Nichts lieber als das, nur muss ich dann leider beizeiten gehen. Oder ist deine Wohnung sonnengeschützt?“

Marie war außerordentlich froh darüber, dass sie diese Thematik mit Emilia angegangen war. Zwar mochte sie

Vladimirs Wohnung, aber es wäre auch mal schön, im eigenen Bett zu erwachen – mit ihm an ihrer Seite.

„Das Schlafzimmer schon“, antwortete sie daher. „Den Rest der Räume muss ich mir noch vorknöpfen, doch ich denke, im Laufe der Woche sind die speziellen Rollos dann an allen Fenstern montiert.“

„Nur das Schlafzimmer?“ Der Vampir wackelte mit den dunklen Augenbrauen, doch seine fast schwarzen Augen blickten die junge Werwölfin liebevoll an. „Du musst für mich keinen derart großen Aufwand betreiben. Ich würde auch so mit zu dir kommen.“

Verlegen schaute sie nach unten. „Ich hätte nur gerne etwas mehr Zeit mit dir. Die Nächte sind gerade viel zu kurz ...“

„Das sind sie.“

Sanft umrahmten seine Hände ihr Gesicht und der darauffolgende Kuss war so zärtlich, dass Maries Knie ganz weich wurden.

„Ich begleite dich dann sehr gerne. Wann musst du arbeiten?“

Sie strahlte ihn an. „Zufällig habe ich morgen frei.“

Nun grinste auch Vladimir. Er löste sich von ihr und zog sie an seine Seite.

„Was für ein glücklicher Zufall.“

Gut gelaunt liefen sie an der Schlange vorbei zum VIP-Eingang. Dort zeigte Marie ihre personalisierte Einladung vor und schon wurden sie eingelassen.

Staunend betrachtete die junge Werwölfin den geschmückten und beleuchteten Innenhof des Restaurants.

Pavillons waren aufgestellt worden, dazu diverse Tische und Sitzgelegenheiten. Im hinteren Bereich schien es eine Art Lounge zu geben. Direkt an das Restaurant anschließend war ein großes Buffet aufgebaut und natürlich durfte die Cocktailbar nicht fehlen.

Alles wirkte edel, was nicht zuletzt daran lag, dass der elegante Stil des *Dark Delights* sich auch hier draußen wiederfand. Alles war in Schwarz und Weiß gehalten, nur durchbrochen durch frische Schnittblumen oder Topfpflanzen. Ein lieblicher Blumenduft lag in der Luft, dazu der appetitliche Geruch des Essens.

„Was möchtest du essen oder trinken?", erkundigte Vlad sich.

„Mhm." Nachdenklich ließ Marie den Blick über das Buffet schweifen. Es sah alles lecker aus. „Ich glaube, ich beginne mit einem alkoholfreien Cocktail und probiere mich dann Stück für Stück durch die Speisen."

„Das klingt nach einem guten Plan."

Gemeinsam schlenderten sie zur Bar, wo Marie erst einmal neugierig die Karte studierte und ihre Kollegen hinter dem Tresen beobachtete.

Vladimir begnügte sich mit einem Glas Wasser, während die junge Werwölfin sich schließlich für einen ‚*Coconut Kiss*' entschied.

Während sie auf die Getränke warteten, fiel Marie eine ungewöhnliche kleine Pflanze auf, die dekorativ zwischen den Lichterketten an der Bar platziert worden war. Kleine runde Blätter, merkwürdig geformte Verzweigungen mit roten Härchen sowie winzigen leuchtenden Tröpfchen bildeten ein seltsames und doch faszinierendes Gewächs.

Neugierig stupste Marie es mit dem Finger an.

„Vorsicht. Die Flüssigkeit klebt", warnte Vlad sie.

„Du kennst diese Pflanze?"

Der Vampir nickte. „Das ist Sonnentau. Eine australische Unterart, wenn ich mich nicht irre. Das sind sonnenliebende, karnivore Pflanzen. Mit den Klebetröpfchen fangen sie kleine Insekten."

Besorgt musterte Marie ihre Fingerkuppe, die mit dem Sekret in Berührung gekommen war.

„Keine Angst. Das ist hauptsächlich Zuckerwasser."

„Gut zu wissen." Erleichtert atmete sie aus. „Woher kennst du sie?"

„Ich interessiere mich für Pflanzen und Tiere. Es gibt wirklich gute Makroaufnahmen. Die Farben- und Formenvielfalt ist unbeschreiblich. Ich bin immer wieder fasziniert, wie schnell die Natur sich von Menschen erschaffene Gebiete zurückerobert. Wenn ich verlassene Gebäude fotografiere, sind sie schon längst wieder bewohnt. Sonnentau kommt bei uns eher in Sümpfen vor. Dort dienen die Insekten einfach als Ausgleich für den eher nährstoffarmen Boden."

„Schlau und irgendwie sehr passend für einen Ort wie diesen", meinte Marie.

Vlad grinste. „Das stimmt."

Kurz darauf nippte Marie zufrieden an ihrem Getränk. Sie genoss Vladimirs Gesellschaft und schon im nächsten Moment kamen Seth und Emilia auf sie zu. Der Inkubus trug einen dunklen Anzug und ein dunkelblaues Hemd, was mit der Farbe seiner geheimnisvollen Augen korrelierte. Obwohl die junge Werwölfin nun schon so lange für Seth arbeitete, war sie immer noch fasziniert von ihnen. Emilia war in ein langes Kleid aus blauer Seide gehüllt, womit sie perfekt zu ihrem Gefährten passte. Das Paar zog wie immer die Blicke einiger Leute auf sich. Marie fand, dass die beiden einfach umwerfend aussahen. Sie stellte alle einander vor und spürte den neugierigen Blick ihrer Freundin.

„Kommt, lasst uns ein gemütliches Plätzchen suchen“, schlug Seth vor. „Max wird sicherlich auch bald zu uns stoßen.“

Tatsächlich fanden sie schnell einen Tisch, der groß genug für alle war und etwas abseits lag, sodass sie sich auch über Themen unterhalten konnten, die nicht zwingend für menschliche Ohren geeignet waren.

„Möchtest du dir dann ein Schlückchen genehmigen oder später jagen?“, erkundigte Seth sich bei Emilia.

Die Vampirin zuckte mit den Schultern. „Mal sehen. Im Moment habe ich keinen Hunger, aber vielleicht schaue ich mir später das Spezialangebot an. Du kannst gern mitkommen, wenn du magst, Vlad.“

„Danke! Ich habe bereits gegessen, wobei ich zugeben muss, dass das Angebot hier sehr beeindruckend ist.“

Schlau aus der Affaire gezogen, mein Lieber, dachte Marie amüsiert.

Sie ahnte, dass Emilia ihren Begleiter genau unter die Lupe nehmen wollte. Ein Gang in die geheime Schattenwelt-Lounge des *Dark Delights* bot sich dafür einfach an.

Da hier beim Sommerfest auch viele Menschen zugegen waren, mussten die Vampire das Blut hinter verschlossenen Türen zu sich nehmen.

„Was machst du beruflich, Vlad?", erkundigte Seth sich.

„Ich bin Fotograf, viel Mode, aber auch anderes. Zum Glück kann ich die Aufträge annehmen, die mir Spaß machen."

„Mode?", hakte Emilia nach. „Also Laufsteg, flippige Designer und gertenschlanke Models?"

Vlad schmunzelte. „Ja, auch das. Wobei die meisten nicht so extrem sind, wie es gern dargestellt wird. Manche sind sehr exzentrisch und es werden auch so einige Intrigen gesponnen, aber mit den meisten kann ich gut zusammenarbeiten. Um den Rest versuche ich, einen Bogen zu machen."

„Das mit den Intrigen kann ich mir gut vorstellen", sinnierte Seth. „Es geht immerhin um viel Geld und Rampenlicht. Da wird sicherlich mit harten Bandagen gekämpft."

„Talent ist auch unterschiedlich verteilt", ergänzte Emilia. „Ich blättere immer mal in den Modezeitschriften und wundere mich manchmal, wie es ein bestimmtes Modell oder auch Designerinnen und Designer so weit bringen konnten."

„Geld, Skandale und Vitamin B", erklärte Vlad und wirkte nicht allzu begeistert. „So mancher ist nur an seinem Platz, weil lästige Konkurrenz ausgeschaltet oder gewisse Investitionen getätigt wurden."

Marie schauderte. Das klang sehr anstrengend. „Wenn ich das so höre, bin ich echt froh um meinen Job als Barkeeperin."

Der Vampir lächelte sie an und legte ihr einen Arm um die Schulter. „Mir wird es auch ab und an zu viel, dann verschwinde ich aus diesem Dunstkreis und mache einfach, was mir gefällt. Gerade bin ich zum Beispiel auch nicht so aktiv in der Modebranche. Ich brauchte eine Pause."

Ob es einen konkreten Grund dafür gibt?, fragte Marie sich.

Allerdings wollte sie Vlad nicht vor den anderen darauf ansprechen. Sie nahm sich jedoch vor, sich etwas mehr mit seiner Welt zu beschäftigen. Mit *Haute Couture* und derlei Dingen kannte sie sich wirklich nicht aus.

Bald schon lenkte Vladimir das Gespräch auf andere Themen und nutzte die Gelegenheit, etwas mehr über Seth und Emilia zu erfahren.

„Vom *Insomnia* habe ich schon einiges gehört, allerdings war ich das erste Mal dort, als ich Marie besucht habe. Ich bin nicht so der Clubgänger", meinte er entschuldigend zu Seth. Der Inkubus lachte gut gelaunt.

„Ist doch kein Problem. Jeder hat seine Vorlieben. Aber vielleicht sieht man sich jetzt öfter."

Vlad warf der Werwölfin einen liebevollen Blick zu. „Bestimmt. Immerhin ist Marie in den meisten Nächten dort."

„Du kannst gern jederzeit vorbeikommen, aber lenke meine beste Cocktailmixerin bitte nicht zu sehr ab", scherzte ihr Chef und zwinkerte Marie zu.

Diese errötete leicht, freute sich jedoch, dass sich alle so gut verstanden. Weder Vlad noch Seth zeigten irgendwelche Anzeichen, dass gleich ein Revierkampf ausbrechen würde. Offenbar waren diese beiden Männer einfach selbstbewusst und mit der Frau glücklich, mit der sie hier waren.

„So."

Vlad zuckte zusammen, als Emilia plötzlich neben ihm erschien. Marie war eben auf die Toilette gegangen und er wollte eigentlich neue Getränke holen. Doch das würde offensichtlich warten müssen.

„So?", gab er zurück. „Schieß los. Ich habe schon die ganze Zeit gespürt, dass du mich verhören willst."

Seine Direktheit entlockte Emilia ein Lachen.

„Du hast dich lange genug gedrückt." Sie warf ihm einen ernsten Blick zu. „Was versteckst du vor Marie?"

Automatisch versteifte Vlad sich. Er hatte das ungute Gefühl, dass Emilia mehr wusste, als ihm lieb war.

„Ich weiß nicht, was du meinst", versuchte er, sie aus der Deckung zu locken.

Die Vampirin zog nur eine Augenbraue in die Höhe und schob ihn dezent in eine ruhige Ecke. Natürlich hätte er sich dagegen wehren können, doch das würde seine Situation nicht verbessern.

„Also, Herr Modefotograf. Warum hast du dich zurückgezogen? Du kannst mir nicht erzählen, dass die Menschen dich zu sehr genervt haben. Immerhin können wir sie beeinflussen."

Vlad seufzte. Er gehörte nicht zu den Leuten, die logen, und blieb lieber bei der Wahrheit.

„Ich hatte ein Problem mit einem besonders intriganten Model. Es gab falsche Beschuldigungen und natürlich wurde daraus schnell ein Skandal gestrickt, obwohl es keinerlei Beweise gab."

„Mhm. Warum hast du es nicht auf unsere Art geklärt?"

„Weil ich so naiv war und dachte, dass ihr niemand glauben würde. Als ich realisierte, dass das Gegenteil der Fall war, war es zu spät, um noch einzugreifen."

„Welche Art Anschuldigungen?"

Vlad holte tief Luft. „Natürlich sexuelle Belästigung. Das ist das Einzige, was man schlecht beweisen oder in meinem Fall entlasten kann."

Der Blick, der ihn traf, bohrte sich regelrecht in ihn. „Ist da etwas dran?"

„Nein", antwortete Vlad so ruhig wie möglich. „Ich bin ihr nur ein paar Mal flüchtig begegnet und habe mich sogar öffentlich geweigert, mit ihr zu arbeiten. Das hat leider Wellen geschlagen, denn wirklich beliebt ist die betreffende Dame nicht. Dafür hat sie sich an mir gerächt."

„Mhm." Emilia musterte ihn eingehend, bevor sie nickte. „Na gut. Ich glaube dir. Allerdings solltest du Marie schnellstmöglich reinen Wein einschenken. Sie hat bereits bemerkt, dass du etwas vor ihr verbirgst."

Vlad seufzte. „Das wollte ich schon, doch das letzte Mal, musste Marie dann dringend weg und am Telefon wäre es einfach unpassend gewesen."

„Sag es ihr so bald wie möglich, oder willst du, dass sie es von jemand anderem erfährt?"

„Nein, natürlich nicht. Das ist nur kein Thema, mit dem man einfach so um die Ecke kommen kann. Ich habe Angst, sie dadurch zu verlieren."

„Das wirst du nur, wenn du es ihr weiterhin verschweigst." Emilia trat zurück. „Jetzt sieh zu, dass du deine Getränke bekommst und dann schenke ihr morgen reinen Wein ein. Klar?"

Vlad nickte. „Ich gebe mein Bestes."

15
Sprudelwasser

Der Abend verlief wirklich angenehm. Marie saß an Vladimir gelehnt auf einer der Bänke und lauschte mit einem Ohr dem Gespräch der anderen, das sich um Geschäftliches drehte. Ab und an beteiligte sie sich, nur gerade wollte sie einfach ein bisschen entspannen. Sie fühlte sich angenehm träge durch das gute Essen und den Wein, den sie sich mit Seth geteilt hatte. Dieser und Max diskutierten gerade das Für und Wider einer neuen Zweigstelle des *Dark Delights,* allerdings wohl ohne die spezielle Versorgung für Vampire. Geeignete Blutwirte bereitzustellen, wäre wahrscheinlich zu aufwendig.

„Möchtest du noch etwas trinken?“, flüsterte Vlad ihr ins Ohr. „Oder lieber nach Hause? Du wirkst müde.“

Marie hob den Kopf und lächelte ihren Begleiter an. „Ich bin müde, aber sehr zufrieden mit meiner aktuellen Position.“

Der Vampir hatte einen Arm um sie gelegt und zog sie noch ein kleines bisschen näher.

„Das freut mich, allerdings müssen wir in knapp einer Stunde los, bevor die Dämmerung einsetzt.“

„Ach, stimmt ja.“ Marie richtete sich auf. „Darf ich mir etwas von deinem Sprudelwasser stibitzen?“, fragte sie mit Blick auf das große Wasserglas auf dem Tisch.

„Natürlich. Ich kann dir auch gern noch eins holen, wenn du Durst hast."

„Nein, danke. Ein kleiner Schluck reicht mir."

Marie griff nach dem Glas und war dankbar, dass das Getränk noch kühl war. „Wollen wir noch einmal kurz die Tanzfläche entern, bevor wir uns auf den Weg machen?"

„Klar."

Vlad stand auf und zog sie auf die Füße. Hand in Hand liefen sie zu dem Bereich, in dem die DJane für Stimmung sorgte.

Schon mehrfach waren sie in dieser Nacht zusammen tanzen gewesen und Marie hatte jede Sekunde davon genossen. Der Vampir war ein eleganter Tänzer und sie harmonierten sehr gut miteinander. Gerade erklang ein ruhiger Song, weshalb die Pärchen näher rückten. Auch Marie lehnte den Kopf an Vlads Schulter. Sie liebte es, in seinen Armen zu liegen und an nichts denken zu müssen. Es war beinahe, als schwebte sie über die Tanzfläche, denn ihre Füße wussten offenbar ganz ohne ihr Zutun, welche Schritte sie machen mussten.

Sanft streichelte der Vampir über ihren Rücken, was Marie einen Seufzer entlockte. Am Ende des Titels blickten sie einander in die Augen. Ihre Gesichter näherten sich, dann trafen sich ihre Lippen zu einem zärtlichen Kuss.

„Komm, lass uns nach Hause gehen", flüsterte Marie.

„Immer gern, schöne Frau", antwortete Vlad und lächelte.

Ohne Eile verabschiedeten sie sich von ihren Bekannten und schlenderten dann zu Vladimirs Auto.

„Es muss Vorsehung gewesen sein“, witzelte er, als sie im Wagen Platz genommen hatten. „Dann leite mich mal zu deinem Heim.“

„Gern.“ Eher zufällig warf Marie einen Blick in den Seitenspiegel und stutzte.

Ist da schon wieder dieser komische Schatten? Verfolgt mich etwa jemand?

Sie drehte sich im Sitz, um besser sehen zu können. Doch da war niemand mehr.

„Ist alles okay?“, fragte Vlad.

„Ich dachte, ich hätte jemanden gesehen, aber jetzt ist er weg“, murmelte Marie.

Nun blickte sich auch Vladimir aufmerksam um. „Ich kann auch nichts Merkwürdiges wahrnehmen. Lass uns besser starten. Falls uns doch irgendwer folgen sollte, werden wir ihn schon abhängen.“

„In Ordnung. Vielleicht ist es auch die Müdigkeit.“

„Vielleicht“, stimmte er ihr zu, wirkte dennoch besorgt.

Etwa eine Viertelstunde später parkten sie in der Nähe von Maries Haus. Auf einmal fühlte diese einen Hauch von Nervosität. Sie hatte noch nie einen Mann mit in ihre Wohnung genommen, zumindest nicht in ihr Schlafzimmer. Im Vergleich zu Vladimirs Unterkunft war ihre Zweiraumwohnung winzig, aber sie hoffte, dass er sich trotzdem wohlfühlen würde.

„Ich kann auch nach Hause fahren“, bot der Vampir feinfühlig wie immer an.

Energisch schüttelte Marie den Kopf und zog Vlad mit sich zum Haus. „Nein, du kommst schön mit. Nachdem ich letztens so schnell wegmusste, möchte ich diesmal keinen Stress haben.“

„Zu Befehl.“

Lachend folgte er ihr und küsste die zarte Haut ihrer Schulter, die das hellblaue Sommerkleid freiließ, während Marie die Tür aufschloss. Die junge Werwölfin ließ sich gegen ihn sinken, besann sich dann jedoch der Tatsache, dass das Treppenhaus kein guter Ort für Zärtlichkeiten war. Sie fasste ihren Begleiter an der Hand und führte ihn in die zweite Etage.

„Es ist nicht groß oder luxuriös“, begann sie, als sie in ihre Wohnung traten. „Aber ich mag mein kleines Reich.“

„Sehr gemütlich“, meinte Vlad. „Und grün. Du hast wirklich eine Menge Pflanzen. Das ist der einzige Nachteil, wenn man im Keller wohnt.“

„Das stimmt. Künstliche Beleuchtung ist echt teuer und diese Lampen wahrscheinlich gefährlich für euch.“

„Ja, leider. Bisher war mir der Aufwand auch einfach zu groß.“ Vladimir zog Marie in seine Arme. „Dann zeig mir mal deinen vor der Sonne geschützten Bereich.“

„Sehr gern.“

Nachdenklich strich Marie einige Zeit später über die Tattoos auf Vlads Oberkörper.

„Woher stammen diese Narben?"

Der Vampir seufzte. „Sie sind schon sehr alt. Als Sterblicher bin ich damals in eine Falle getappt. Ich hatte mich in die falsche Frau verguckt und musste dafür mit meinem Blut bezahlen, denn sie war nur auf mich angesetzt worden, um sich an meiner Familie zu rächen."

Ihr lief ein kalter Schauer über den Rücken. „Das klingt ja schrecklich! Wer macht denn so etwas?"

„Heute würde man sie sicherlich als Mafia bezeichnen, zu meinen Lebzeiten waren es einfach alte einflussreiche Familien, die es überhaupt nicht mochten, wenn jemand ihnen Konkurrenz machte. Mein Vater war ein geschickter Geschäftsmann und erarbeitete sich auf ehrliche Weise ein Vermögen. Nur sahen das die Alteingesessenen gar nicht gern und nutzten meine Naivität, um ihm eine Nachricht zu überbringen."

Sie sah ihn entsetzt an. „Was haben sie mit dir gemacht?"

Vlad strich ihr beruhigend über den Rücken. Nach der langen Zeit plagten ihn kaum noch Albträume deswegen. Ganz im Gegensatz zu damals.

„Erst haben sie mich zusammengeschlagen und mich dann Stunden, vielleicht sogar ein paar Tage lang gefoltert. Einige der Schnitte habe ich tatsächlich der Frau zu verdanken, in die ich mich verliebt hatte. Unter Anastasias hübschen Äußeren verbarg sich eine pechschwarze Seele. Sie hatte wirklich Freude daran, mich leiden zu sehen, und verspottete mich regelrecht."

„Ich … ich weiß gar nicht, was ich dazu sagen soll“, murmelte Marie.

„Alles gut. Es ist lange her. Allerdings erinnern mich die Narben immer daran, dass ich mir genau überlegen muss, wem ich mein Vertrauen schenke.“

„Das kann ich verstehen. Ich würde dir so etwas niemals antun!“, versprach sie voller Inbrunst.

Vlad lächelte sie an. „Das glaube ich dir. Im Endeffekt hatte es auch etwas Gutes. Meine Familie verließ Russland und wanderte nach Europa aus. Ein paar Jahre reisten wir von Land zu Land, bis wir schließlich hier sesshaft wurden. Ich gehörte einer wohlhabenden Familie an. Meinem Vater war es jedoch immer wichtig gewesen, dass seine Kinder wussten, was Arbeit wirklich bedeutete, und wir uns nicht einfach auf dem vorhandenen Geld ausruhten.“

„Eine vernünftige Einstellung“, befand Marie.

„Sie hat zumindest dafür gesorgt, dass ich einen Beruf erlernte und mein erstes eigenes Geld nach Hause brachte. Dass ich nun von meinem ehemaligen Hobby, der Fotografie, leben kann, habe ich meinem Vater zu verdanken. Finanzielle Sorgen hatte ich tatsächlich nie. Mein alter Herr besaß ein Händchen für die richtigen Investitionen und wurde als verlässlicher Partner geschätzt.“

„Das ist viel wert.“

„Stimmt.“

Neugierig sah Marie ihn an. „Und wie bist du zum Vampir geworden?“

Nun musste Vlad schmunzeln. „Das ist eigentlich eine recht unspektakuläre Geschichte. Ich freundete mich mit jemandem an und durch einen dummen Zufall war ich zugegen, als Armin einen schweren Unfall hatte. Tja, Vampire und hoher Blutverlust sind so eine Sache. Ich war seine erstbeste Möglichkeit, zu überleben, nur hinterher selbst ganz schön lädiert. Armin wollte mich nicht sterben lassen und hat mich gewandelt."

„Autsch."

„Könnte man so sagen", stimmte er ihr zu. „Als ich aufwachte, war ich alles andere als begeistert, aber im Endeffekt hat es sich für mich zum Guten gewendet und meiner Familie manchmal sogar genützt."

„Du hast sie heimlich beschützt", vermutete Marie.

„So gut ich konnte. Immerhin bin ich jung gestorben, was meine Eltern sehr mitgenommen hat. Als ältester Sohn hätte ich die Geschäfte weiterführen müssen. Wobei ich ehrlich sagen muss, dass meine jüngere Schwester da deutlich mehr Talent hatte. In mir wohnte schon immer eine Künstlerseele." Er zuckte mit den Schultern. „Im Endeffekt ist es gut so, wie es gelaufen ist, und ohne das alles wäre ich jetzt nicht hier bei dir."

Marie lächelte ihn an, bevor sie sich streckte, um ihn zu küssen. „Darüber werde ich mich definitiv nicht beschweren."

16
Phantom

Als Marie am nächsten Tag erwachte, war etwas anders als sonst. Sie lag in ihrem Bett, aber warum war das plötzlich so eng? Und hatte sie das Fenster offengelassen oder weshalb spürte sie einen warmen Hauch im Nacken? Ihr verschlafener Verstand benötigte ein paar Herzschläge, um auf Touren zu kommen.

Dann fiel es Marie siedend heiß ein: *Vladimir ist mit zu mir nach Hause gekommen und auf meinen Wunsch hin auch geblieben!*

Innerlich schalt sie sich einen Dummkopf, denn den eindeutig männlichen Körper an ihrem Rücken konnte man nicht nicht bemerken.

Aber warum habe ich ihn nicht sofort wahrgenommen?, fragte sie sich verwirrt. *Ist er mir mittlerweile schon so vertraut, dass ich ihn nicht mehr als fremden Geruch registriere?*

So eng an ihn gekuschelt zu liegen, fühlte sich richtig an, dabei waren sie erst seit Kurzem zusammen. Da der Vampir das erste Mal bei ihr übernachtete, sollte es doch ein wenig merkwürdig sein, oder? Doch nein. Da war nichts dergleichen. Wie auch immer das möglich war.

„Guten Morgen", brummte es hinter ihr.

Erschrocken drehte Marie sich um, sodass sie dem Vampir nun gegenüberlag. „Guten Morgen! Ich hoffe, ich habe dich nicht geweckt."

Vlad wirkte noch ein wenig verschlafen, was seiner anziehenden Wirkung auf sie jedoch keinen Abbruch tat.

„Nein, alles gut. Dein Herzschlag hat nur verraten, dass du wach bist." Der Vampir lächelte sie an und gab ihr dann einen sanften Kuss. „Und? Bereust du es, mich eingeladen zu haben, oder ist es okay, wenn ich dir bis Sonnenuntergang auf den Keks gehe?"

„Wenn deine Gesellschaft mir zuwider wäre, hätte ich dich nicht gebeten zu bleiben." Marie kuschelte sich an ihn. „Wirke ich so unzufrieden?"

Vladimir lachte. „Nein, ganz und gar nicht."

„Gut. Gib mir noch ein paar Minuten, dann mache ich uns Frühstück, das ich dir ausnahmsweise im Bett servieren werde."

„Keine Hektik meinetwegen. Du weißt, Essen ist optional für mich. Mach das, was du brauchst und worauf du Lust hast."

Lächelnd fuhr sie die dunklen Linien auf seiner Brust mit den Fingern nach. „Ich hätte da eine Idee, bei deren Umsetzung bin ich allerdings auf deine Mithilfe angewiesen."

Seine Hände strichen über ihren Rücken nach unten. „Tatsächlich? Erzähl mir mehr."

Marie entschloss sich, ihm lieber zu zeigen, was sie begehrte.

Stunden später stieg Marie beschwingt aus Vlads Auto aus und winkte ihm, bevor sie sich zum Diensteingang des *Insomnia* begab.

Während sie noch in der Handtasche nach ihrem Transponder suchte, spürte sie auf einmal, wie sich ihre Nackenhaare aufstellten. So unauffällig wie möglich blickte die junge Werwölfin sich um und war froh, als sie die Tür endlich öffnen konnte. Kurz bevor sie den Club betrat, entdeckte sie wieder diese seltsame dunkle Gestalt in den Schatten zwei Häuser weiter.

Marie wusste nicht warum, aber ihr Instinkt sagte ihr, dass diese Person keine guten Absichten hatte. An einen Zufall konnte Marie inzwischen nicht mehr glauben.

Hängt das vielleicht mit dem zusammen, was Vlad mir noch sagen wollte?, fragte sie sich.

Sie hatte bemerkt, dass er die Sache mit ihrem mysteriösen Verfolger sehr ernst nahm, obwohl er diesen selbst nie gesehen hatte. Allerdings hatte sie Vlad nicht gedrängt, mit der Sprache herauszurücken. Nachdem er ihr von dem Ursprung seiner Narben erzählt hatte, brauchte Marie einfach Zeit, um diese Informationen zu verdauen. Sie konnte nicht verstehen, wie jemand so brutal und abgestumpft sein konnte, um einem anderen Wesen derartige Schmerzen zuzufügen.

Auf jeden Fall würde sie den Jungs von der Security Bescheid geben, dass sie die Augen offenhalten sollten. Das schrie förmlich nach Ärger.

17
Späte Einsicht

Müde hängte Marie das benutzte Geschirrtuch zum Trocknen auf und griff sich ein neues. Der Blick auf die Uhr verriet ihr, dass die Schicht bald endete und das erleichterte die junge Werwölfin ungemein. Diese Nacht war anstrengend gewesen, obwohl im Club nicht mehr los war als sonst. An der Bar herrschte immer Hochbetrieb und normalerweise störte der Trubel sie überhaupt nicht. Heute jedoch fühlte sie sich erschöpft und angespannt.

Was ist nur los mit mir? Hat mich diese merkwürdige Situation vorhin derart verunsichert?

Pflichtbewusst hatte sie der Security Bescheid gegeben und auch ihrem Chef Seth. Doch niemand hatte etwas Auffälliges bemerkt und daher waren alle zur Tagesordnung übergegangen. Zwischenzeitlich hatte Marie sich gefragt, ob dieser merkwürdige Schatten nur Einbildung gewesen war, doch dafür hatte sich das Gefühl der Gefahr viel zu real angefühlt.

Marie räumte noch den Rest der nun sauberen Gläser auf und machte die Liste für die Getränkebestellung fertig. Danach ging die junge Werwölfin in den Pausenraum und holte ihre Sachen aus dem Spind. Sie verabschiedete sich von ihren Kollegen und dann war endlich Feierabend.

Schade, dass Vlad heute keine Zeit hat und es schon zu hell für Vampire ist, sinnierte Marie, als sie in die Nacht hinaustrat.

Am Horizont war bereits ein rosa Streifen zu sehen. Um diese Uhrzeit war es in der Regel sehr ruhig. Die letzten Partygäste waren schon vor einer Stunde nach Hause gegangen oder weitergezogen, um andernorts zu feiern. Auch heute hörte Marie kaum menschengemachte Geräusche. Die ersten Vögel sangen ihr Liedchen und ein kühler Wind wehte sacht über ihr Gesicht. Hier und dort raschelte es in den Mülltonnen hinter den Häusern, wo Ratten oder andere kleine Tiere nach Nahrung suchten.

Unauffällig blickte Marie sich um, konnte jedoch nichts Ungewöhnliches entdecken. Sie zuckte mit den Schultern und lief nach Hause. Zum Glück wohnte sie nur etwa zwanzig Minuten von ihrer Arbeitsstelle entfernt. In den frühen Morgenstunden fuhren die Busse oder Straßenbahnen nur selten und Parkplätze gab es hier in der Gegend kaum. Zudem besaß sie auch gar kein Auto.

Zügig schritt Marie den Weg entlang. Sie freute sich auf eine Dusche und ihr Bett. Einfach nur schnell den Schweiß des Abends wegwaschen und dann mit Vladimirs Geruch in der Nase einschlafen.

„Ach ja“, seufzte sie leise. „Eine Schande, dass er gerade keine Zeit hat.“

Allerdings wollte Marie es auch nicht übertreiben oder gar klammern. Die Zeit mit dem Vampir war sehr schön, doch ob sich daraus eine feste Beziehung entwickeln würde, wusste sie noch nicht.

In Gedanken versunken bog sie ab und lief einen schmalen Weg zwischen zwei Häusern hindurch. Etwa auf der Hälfte der Strecke fuhr ihr ein kalter Schauer über den Rücken. Erschrocken blieb Marie stehen und nutzte ihre feinen Sinne, um zu orten, aus welcher Richtung Gefahr drohte.

Als hinter ihr ein Steinchen knirschte, wirbelte sie herum und fand sich einer dunkel gekleideten Person gegenüber. Marie wusste es nicht mit Sicherheit, doch die Wahrscheinlichkeit war sehr hoch, dass sie genau diese Gestalt vor ihrer Schicht gesehen hatte. Ganz offensichtlich hatte sie sich das mit dem Verfolger nicht eingebildet.

Verdammt! Ich hätte besser aufpassen müssen!

Doch diese Einsicht kam leider zu spät. Nun musste Marie sich dieser Person stellen oder schleunigst das Weite suchen, falls ein Kampf nicht möglich war.

„Na, wen haben wir denn da? Wenn das nicht das neue Spielzeug dieses arroganten Fotografen ist“, säuselte eine Stimme, die seltsam verzerrt klang.

Als die Gestalt näherkam, erkannte Marie, dass diese eine Art Halloweenmaske trug, die nur die Augen freiließ. Optisch sah es nach einem schlecht gelaunten Zombie aus, aber die junge Werwölfin stellte schnell fest, dass es sich bei der Person dahinter um einen Menschen handelte. Zumindest fehlte die besondere Aura, die Wesen aus der Schattenwelt kennzeichnete. Der Figur nach schien es eine große, schlanke Frau zu sein, auch wenn diese versucht hatte, das mit einem verschlissenen schwarzen Hoodie in Übergröße und einer weiten dunklen Stoffhose zu kaschieren.

„Was wollen Sie von mir?“ Maries Stimme klang selbstsicher.

Auch wenn sie keine erfahrende Kämpferin war, so standen ihre Chancen einem Menschen gegenüber recht gut. Instinktiv packte sie die Riemen ihrer Handtasche fester.

„Ich werde ihn für meine Demütigung büßen lassen!“, keifte ihr Gegenüber und Marie sah ein metallisches Blitzen. „Mal sehen, ob er dich noch ficken will, wenn ich mit deinem hübschen Gesicht fertig bin.“

Gerade als Marie das Weite suchen und diese Irre einfach stehen lassen wollte, versperrte ihr ein bulliger Typ den Fluchtweg.

Mist! Das wäre wirklich zu einfach gewesen.

18
Analyse

Marie saß in der Falle. Für diese Erkenntnis brauchte es keine große Analyse. An eine einfache Flucht war nicht mehr zu denken und damit blieb ihr wohl nichts anderes übrig, als sich zumindest den Weg freizukämpfen.

Genau das, was ich nach einem langen Arbeitstag gebrauchen kann ...

Allerdings fragte sie sich durchaus, was Vlad angestellt hatte, um so eine Reaktion auszulösen. Bisher hatte Marie den Vampir nur von seiner besten Seite erlebt. Das hieß natürlich nicht, dass er keine Fehler hatte. Nur war der jungen Werwölfin bisher nichts in der Richtung aufgefallen.

„Ich denke, mit Narben wird er umgehen können", antwortete Marie selbstsicher. „Außerdem wirst du keine Gelegenheit bekommen, mir welche zu verpassen."

Die Redeführerin starrte sie böse an, während der massige Kerl höhnisch lachte.

„Du bist nicht weniger arrogant als er. Mal sehen, wie lange noch."

Drohend lief sie auf Marie zu, die unauffällig ihre Hand in der Umhängetasche verschwinden ließ. Zielsicher schlossen ihre Finger sich um den Schlüsselbund. Noch war sie nett, sodass keine der Spitzen nach außen schaute. Das würde sich jedoch schnell ändern, wenn ihre Angreifer ihr wirklich ans Leder wollten.

„Hat er dich etwa von der Bettkante gestoßen oder bist du einfach nur eine gemeingefährliche Irre?", fragte Marie, um ihr Gegenüber zu provozieren.

Ihrer Schätzung nach war die Frau nur einen halben Kopf größer als sie selbst und schlanker. Außerdem war sie ein Mensch und sollte damit eine zu bewältigende Gegnerin sein.

„Du ... wagst es ..." Der Dame fehlten offenbar die Worte. „Du billiges Flittchen hast keine Ahnung, wer ich bin!"

„Stimmt." Marie zuckte mit den Schultern und zog ihre Hand mit der behelfsmäßigen Waffe unauffällig aus der Tasche. „Ich weiß es nicht, und ehrlich gesagt, könntest du auch die Königin von England sein – es wäre mir egal. Wer sich hinterrücks an mich anschleicht und dann zu feige ist, mir allein gegenüberzutreten, der ist einfach nur ein Schwächling."

Wutschnaubend stürzte ihre Gegnerin sich auf Marie. Diese blieb an Ort und Stelle. Erst als ihre Angreiferin in Reichweite war, machte die Werwölfin einen Schritt nach vorn und rammte ihre Faust mittig in diese blöde Zombiemaske.

Ein unschönes Knirschen ertönte, gefolgt von einem spitzen Schrei. Das Messer fiel klappend zu Boden. Stattdessen hielt die Kontrahentin sich ihr lädiertes Gesicht. Bevor Marie sich jedoch darüber freuen konnte, dass sie einen

Gegner zumindest für den Moment ausgeschaltet hatte, erklangen schwere Schritte hinter ihr.

„Irina! Na warte, du Miststück!"

Blitzschnell umrundete sie die Frau, die mittlerweile auf die Knie gesunken war. Als Werwölfin war sie schneller und stärker als Menschen, aber gegen diesen Brocken würde sie wohl nicht lange bestehen können.

„Lasst uns in Ruhe oder es wird ein unangenehmes Nachspiel haben!", drohte Marie.

Nun hatte sie eine gute Gelegenheit zur Flucht und einen Namen, mit dem Vladimir hoffentlich etwas anfangen konnte. Marie wirbelte auf dem Absatz herum und floh aus der schmalen Gasse. Schwere Schritte verfolgten sie, doch zum Glück kannte sie sich in der Gegend aus, sodass sie mehrere Haken schlagen und den Kerl erfolgreich abschütteln konnte. Mit klopfendem Herzen und leicht außer Atem lehnte sie sich schließlich gegen eine Hauswand.

„Also das Fitnessprogramm für heute ist definitiv abgehakt."

Kurz verschnaufte Marie und beobachtete die Sonne, die langsam am Horizont aufging, dann richtete sie sich auf und marschierte los.

„Du hast einiges zu erklären, lieber Vlad", brummte sie. „Und wehe dir, mir gefällt deine Geschichte nicht."

Habe ich mich vielleicht in dem Vampir getäuscht?

Doch Marie versuchte, diesen Gedanken zu vertreiben. Vlad und sie kannten sich erst seit kurzer Zeit, da konnte unmöglich jedes Ereignis aus der Vergangenheit aufgearbeitet werden.

19
Intrigenspiel

Vladimir war eben in einen unruhigen Halbschlaf geglitten, als jemand Sturm klingelte. Erschrocken fuhr er hoch und fauchte.

„Wer zum Teufel ist das?", brummte er, denn die Lärmbelästigung hielt an.

Fluchend warf er die Decke von sich und lief nur mit Boxershorts bekleidet aus dem Schlafzimmer. Im Flur angekommen, war er hellwach und wahnsinnig schlecht gelaunt.

„Was?!", knurrte er in die Gegensprechanlage, um dem Geklingel ein Ende zu bereiten.

„Lass mich rein. Wir müssen reden."

„Marie?"

Völlig perplex betätigte Vlad den Türöffner und fragte sich, was passiert war. Die Werwölfin klang nicht weniger aufgebracht als er. Nun begann die Sorge um Marie seine schlechte Laune zu verdrängen. Er konnte sich nicht vorstellen, dass die junge Werwölfin aus heiterem Himmel bei ihm Terror machte. Das passte einfach nicht zu ihr.

Ein energisches Klopfen riss ihn aus seinen Überlegungen. Schnell öffnete er die Tür und geriet ins Stocken.

Marie sah abgekämpft und irgendwie sauer aus. Trotzdem wollte er nichts mehr, als sie in seine Arme zu ziehen und zu küssen.

Mein Kopf ist offenbar kaputt …

Er musste kein Genie sein, um zu wissen, dass er dafür im Moment keinen Beifall ernten würde.

„Komm rein und erzähl, was los ist", sagte Vladimir stattdessen und trat zurück, um Marie in die Wohnung zu lassen.

„Wer ist Irina und warum ist sie so sauer auf dich, dass sie mich verstümmeln wollte?"

Fassungslos sah Vlad Marie an. Bei dem Namen stieg eine unangenehme Erinnerung in ihm auf.

„Verstümmeln?!"

Die Werwölfin nickte und verschränkte die Arme vor der Brust. Dabei fiel ihm auf, dass sie etwas mit der linken Hand umklammerte und leicht zitterte. Auch auf die Gefahr hin, gleich geschlagen zu werden, trat Vladimir nun doch näher und zog Marie in seine Arme.

„Geht es dir gut oder bist du verletzt?"

Erst versteifte sie sich, doch dann ließ die Anspannung nach und die junge Frau klammerte sich regelrecht an Vlad. Klappernd fiel etwas zu Boden, das sich als Schlüsselbund herausstellte. Der leichte Geruch von Angst haftete Marie an, was den Dämon in Vladimir triggerte.

Niemand darf es wagen, Hand an Marie zu legen! Das wird Irina büßen!, schwor er sich und führte sie ins Wohnzimmer.

„Komm. Setz dich hin und sag mir, was passiert ist. Dann erzähle ich dir, was ich über diese spezielle Dame weiß."

„Später. Ich will erst mal hören, was der Grund für den Angriff auf mich ist. Diese Irre faselte ständig etwas von Demütigung und was für ein arroganter Mistkerl du doch wärst."

Ungehalten schnaubte Vlad und klaubte eine Decke von der Sofaecke, um Marie darin einzuwickeln. Offenbar kam nun der Schock bei ihr an, denn die junge Werwölfin zitterte inzwischen stärker.

„Soll ich dir einen heißen Tee bringen oder möchtest du in die Badewanne?", fragte der Vampir besorgt.

„Ein Glas Wasser reicht. Ich will erst einmal deine Geschichte hören, bevor ich darüber nachdenke, ob ich länger hierbleibe oder nicht."

„Natürlich." Er nickte, obwohl ihm der Gedanke nicht gefiel, Marie nach dem Vorfall aus den Augen lassen zu müssen, bis er das Problem endgültig geklärt hatte.

Schnell holte er das Gewünschte und setzte sich dann neben die Werwölfin auf das Sofa.

„Ich habe dir bereits erzählt, dass ich auch als Modefotograf mein Geld verdiene und in der Branche einen gewissen Namen habe."

„Ja."

Müde fuhr Vladimir sich über das Gesicht. Er benötigte nicht viel Schlaf, aber die letzte Session war anstrengend gewesen und das Thema Irina noch viel mehr.

„Die Modewelt ist interessant, aber gleichzeitig oft auch wie ein Schlangennest. Neid unter den Models, Agenturen,

Fotografen oder auch Designern führt manchmal zu sehr unschönen Szenen oder abstrusen Gegebenheiten. Als Vampir bekomme ich die Gedanken der Menschen ja mit, und was da teils in den Köpfen für Intrigenspiele gesponnen werden, ist echt übel. Da ich nicht auf das Einkommen durch die Aufträge angewiesen bin, nehme ich mir die Frechheit heraus, Anfragen abzulehnen." Vlad zuckte mit den Schultern. „Das finden einige der selbst ernannten Stars natürlich nicht lustig, denn mit ihnen shooten zu dürfen, wäre eine Ehre, bla, bla."

„Und diese Irina gehört dazu?", hakte Marie nach.

„Diese hinterhältige Schlange ist eine der Schlimmsten in der Branche. Sie ist mittlerweile recht bekannt, aber nicht, weil sie so schön oder talentiert ist. Stattdessen schaltet sie lästige Konkurrentinnen lieber aus, indem sie ihnen beispielsweise Abführmittel ins Getränk mischt oder sich Nahrungsmittelallergien zunutze macht. Ich glaube, eine ihrer Kolleginnen hat nur knapp den anaphylaktischen Schock überstanden, weil jemand vom Team schnell genug reagiert hat."

„So ein Miststück!", empörte Marie sich.

„Das kannst du laut sagen", brummte er. „Als die Anfrage der Agentur hereinflatterte, habe ich sofort abgelehnt und auch deutlich gemacht, dass ich mit dieser Person nicht zusammenarbeiten werde."

„Das hat sicherlich nicht für Begeisterung gesorgt. Und dann?"

„Richtig getippt. Meine Ablehnung sprach sich schnell herum und schlug größere Wellen, als ich ahnte. Irina ist nicht gerade beliebt, weil sie so einige Allüren an den Tag legt und eigentlich nur herumzickt. Bisher hatte es allerdings niemand gewagt, ihr das ins Gesicht zu sagen oder eine Kooperation abzulehnen."

Marie schaute irritiert. „Warum denn nicht?"

„Schein und Sein – und natürlich das liebe Geld. Der Herr Papa ist ein steinreicher Oligarch, der entsprechenden Druck aufbauen kann, wenn sein Töchterlein nicht bekommt, was es will."

„Und sie wollte dich?", schlussfolgerte die Werwölfin.

„Leider ja. Sie ließ nicht locker und begann, Gerüchte über mich zu verbreiten, um meinen Ruf zu schädigen. Allerdings juckte mich das nicht, und die Leute, mit denen ich schon länger zusammenarbeite, wissen, dass es nur Lügen sind."

„Was für Gerüchte?"

Vladimir zögerte kurz, bevor er ein paar davon wiederholte. „Sie warf mir vor, sie auf einer Party sexuell belästigt zu haben, und behauptete, ich würde nur nicht mit ihr shooten wollen, weil sie sich geweigert hätte, mit mir ins Bett zu gehen."

Vorsichtig schaute er zu Marie. Die Vorwürfe waren alle an den Haaren herbeigezogen, doch tatsächlich geschah so etwas viel zu oft, weshalb einige Irina auch geglaubt hatten. Genau deswegen hatte der Vampir in diesem Moment Angst, dass diese Lügen ihn Maries Vertrauen kosten könnten.

Fassungslos schaute sie ihn an.

„DU sollst das getan haben?!"

Er nickte, unterdrückte jedoch den Impuls, sich reflexhaft zu entschuldigen, weil das nie gut ankam.

„Du schwörst, dass nichts davon wahr ist?" Die junge Werwölfin taxierte ihn.

„Ja", antwortete er ohne Zögern. „Ich habe nie jemanden belästigt. Das können auch alle bezeugen, die mit mir gearbeitet haben. Ich halte mich zudem von den meisten Partys fern, weil ich einfach keine Lust auf diese Intrigen habe. Bei der betreffenden Veranstaltung war ich zwar tatsächlich anwesend. Irina bin ich dort jedoch nicht begegnet." Er griff nach Maries Hand. „Es tut mir unendlich leid, dass du in diese Sache hineingezogen wurdest. Ich war der Meinung, dass diese unschöne Angelegenheit endlich geklärt wäre, da die Unterlassungsklage durch ist. Doch offenbar hat sie das nur noch mehr angespornt. Vor ein paar Tagen hat jemand versucht, mich zu überfahren. Ich würde meinen Hintern darauf verwetten, dass Irina dahintersteckt. Allerdings habe ich nicht damit gerechnet, dass sie dich angreifen würde. Das war kurzsichtig von mir und tut mir unendlich leid."

„Du hast sie verklagt, obwohl ihr Vater so einflussreich ist?"

„Natürlich. So etwas lasse ich nicht auf mir sitzen. Irina gehört hochkant aus dem Geschäft geschmissen, aber solange ihre Verfehlungen nicht öffentlich gemacht werden, wird es immer welche geben, die mit ihr arbeiten."

„Kein Wunder, dass sie sich an mir vergreifen wollte. Allerdings hatte sie keine Ahnung, dass ich kein so leichtes Opfer sein würde ..."

„Was ist denn genau passiert?"

Kurz schilderte Marie den Vorfall und Vlad spürte, wie Entsetzen und Wut in ihm um die Vorherrschaft rangen. Er war sehr froh, dass sie nun unversehrt neben ihm saß. Wenn Marie wegen seiner Nachlässigkeit etwas zugestoßen wäre, hätte er sich niemals vergeben können.

„Wehrhafte kleine Wölfin", sagte er und musste grinsen. „Damit hat sie nicht gerechnet und die lädierte Nase hat sie mehr als verdient." Ernst sah er Marie an. „Trotzdem wäre es mir lieber, wenn du in nächster Zeit nicht alleine durch die Gegend läufst. Ich kläre das so schnell wie möglich – diesmal auch auf Vampirart – aber es könnte trotzdem eine Weile dauern, bis alle Handlanger eingefangen und unschädlich gemacht worden sind."

„Wie willst du das machen? Du kannst sie schlecht um die Ecke bringen."

Vlad schüttelte den Kopf. „Leider fällt das kategorisch aus, aber ich werde sie mir vorknöpfen und sie dazu bringen, ihre Verfehlungen zu beichten. Außerdem muss ich in ihrem Verstand nachsehen, ob sie vielleicht noch jemanden auf dich angesetzt hat."

„Du denkst, dass sie mir noch einen Schlägertrupp hinterherschickt?"

„Es ist sehr gut möglich. Nach der Demütigung und Verletzung durch dich wird sie kochen vor Wut. Obendrein muss sie nun einige Aufträge verschieben."

Stöhnend schloss Marie die Augen und ließ sich gegen die Sofalehne sinken. „Das hat mir gerade noch gefehlt ..."

„Wir finden eine Lösung. Jetzt ab ins Bett mit dir! Du bist hundemüde."

„Trag mich", murrte Marie.

Sie war wirklich fix und alle.

„Natürlich, Prinzessin."

Vladimir stand auf und hob die junge Frau hoch. Er war erleichtert, dass sie bei ihm bleiben wollte. Um Irina würde er sich zeitnah kümmern. Wut stieg in ihm auf, als er daran dachte, was dieses Miststück seiner kleinen Werwölfin hatte antun wollen. Das Model würde bitter bereuen, sich mit ihnen angelegt zu haben.

„War es eigentlich das, worüber du letztens mit mir reden wolltest oder kommen da noch mehr Intrigen auf mich zu?", fragte Marie.

„Ja, war es. Und nein, es gibt keine weiteren dunklen Geheimnisse, die dich in Gefahr bringen könnten. Versprochen."

„Gut. Mehr kann ich wirklich nicht gebrauchen."

20
Verwirrspiel

Erleichtert schloss Marie die Tür hinter sich und ließ sich dagegen sinken. Die letzten Tage waren sehr anstrengend gewesen und langsam hatte sie dieses Verwirrspiel satt. Jeden Abend ließ sie sich von einem anderen Kollegen mitnehmen. Zudem machte sie auf dem Weg zur Arbeit oder nach Hause so einige Umwege, damit man ihre Route nicht erahnen und sie abpassen konnte. Eine weitere Begegnung mit Irinas Schergen musste wirklich nicht sein.

Der einzige Trost war, dass Marie viel Zeit mit Vlad verbrachte. Der Vampir hatte darauf bestanden, dass sie bei ihm wohnte, bis das Problem mit Irina geklärt war. Trotz leichter Zweifel hatte die junge Werwölfin zugestimmt. Viel Auswahl hatte sie schließlich nicht, wenn sie nicht noch mehr Leute in die Sache hineinziehen wollte.

„Hi, du siehst erschöpft aus“, begrüßte er Marie und zog sie in seine Arme.

Leise seufzend kuschelte sie sich an ihn. „Das bin ich auch. Dieses Versteckspiel ist wirklich kräftezehrend.“

„Tut mir leid. Es hat länger gedauert als geplant, um Irina ausfindig zu machen. Aber ich denke, dass ich ihr morgen die Leviten lesen kann.“

Sanft hob er Maries Kinn an und küsste sie. Das vertrieb einen Teil ihrer Müdigkeit.

Also daran könnte ich mich wirklich gewöhnen.

Wenn Marie ihren Kopf ausschaltete und nur auf ihre Gefühle hörte, dann war alles perfekt. Doch ihr Verstand meldete immer wieder leichte Zweifel an. Romantisierte sie Vlad vielleicht aufgrund ihrer Unerfahrenheit? Immerhin war er der Erste, der so tiefgreifende Gefühle ihn ihr geweckt hatte.

Anfangs war Marie deshalb von der Aussicht nicht begeistert gewesen, ihre Wohnung für einige Zeit nicht betreten zu dürfen. In seiner Gegenwart konnte sie oft nicht klar denken, weil ihr Körper einfach übernahm. Obwohl sie bis dato gut mit Vladimir harmonierte, hatte Marie zudem befürchtet, dass sie sich, eingesperrt in seiner Wohnung, auf den Keks gehen würden. Wenn man plötzlich so eng aufeinander hockte, konnte das durchaus zu Konflikten führen, zumal er seine vier Wände ja auch gleichzeitig für die Arbeit benötigte.

Negative Eigenheiten fielen einem viel deutlicher auf, wenn man so nah beieinander war. Aber nein, Vlad hatte offenbar eine sehr gute Kinderstube genossen und schien generell einen gewissen Sinn für Ordnung zu haben, was Marie wirklich zu schätzen wusste. Sie hatte genug Junggesellenbuden gesehen, in denen sie definitiv nicht hätte einquartiert werden wollen – wegen der Bewohner und des Zustandes der Räume.

Tatsächlich verstanden Vlad und sie sich immer noch gut – sogar so gut, dass es beinahe unheimlich war. Manchmal fragte sie sich, ob das alles wirklich wahr sein konnte oder es ein rosa Tagtraum von ihr war, aus dem sie irgendwann erwachen würde. In dieser Hinsicht nervte es Marie, dass sie keine Vergleichswerte hatte, die ihr eine Einschätzung dieser Beziehung vereinfachen könnten.

Davon abgesehen genoss Marie es, von Vlad verwöhnt zu werden. Er gab sich wirklich große Mühe, damit es ihr an nichts mangelte. Was sie im Bett taten, ließ Marie manchmal in sehnsüchtige Träume abschweifen, wenn sie im *Insomnia* hinter dem Tresen stand. Emilia zog sie deswegen schon auf, aber auf eine liebenswerte Art, denn sie freute sich sehr für ihre Freundin.

Wenn die Sache mit Irina nicht wäre, wäre es wirklich perfekt, sinnierte die Werwölfin.

Sie fand es zwar immer noch nicht gut, dass Vladimir ihr vorher nichts von dem Konflikt mit diesem hinterhältigen Model erzählt hatte, doch ein wenig konnte sie ihn verstehen. Immerhin hatte er versucht, ihr reinen Wein einzuschenken, nur war ihnen immer etwas dazwischengekommen. Marie hoffte sehr, dass sie von nun an keine derartigen Geheimnisse mehr voreinander haben würden. Einen weiteren Vertrauensbruch würde sie ihm nicht so schnell verzeihen können.

„Möchtest du etwas essen oder einfach nur unter die Dusche und schlafen?", erkundigte Vlad sich.

„Mhm." Marie horchte in sich hinein. „Zu einem kleinen Snack würde ich nicht Nein sagen, aber du musst meinetwegen wirklich keinen Aufwand betreiben."

Der Vampir lachte nur gut gelaunt und entließ sie aus seiner Umarmung.

„Für dich stelle ich mich doch gern in die Küche. Immerhin vertilgst du mutig meine Kreationen."

Nun musste Marie grinsen, wobei ihr Herz gleichzeitig vor Freude hüpfte. „Für einen Blutsauger kannst du wirklich sehr gut kochen, obwohl du seit mindestens einem Jahrhundert nicht mehr essen musst."

Vlad sah sie erstaunt an. „Wirke ich so alt auf dich?"

Nervös nagte sie an ihrer Unterlippe. Über dieses Thema hatten sie tatsächlich noch nicht gesprochen.

„Nein, aber ich habe mittlerweile ein ganz gutes Gespür dafür entwickelt. Du bist eindeutig älter als Emilia und dürftest damit um die hundert Jahre oder vielleicht sogar mehr existieren."

Vlad neigte den Kopf leicht zur Seite. „Und dann gibst du junger Hüpfer dich trotzdem mit mir ab?"

Marie zog eine Augenbraue in die Höhe. „Dein Alter ist mir herzlich egal. Zudem bin ich es gewöhnt, fast immer die Jüngste zu sein. Immerhin leben die meisten übernatürlichen Wesen deutlich länger als ich."

„Gut zu wissen. Worauf kommt es dir denn an?"

Marie verschränkte die Arme vor der Brust.

„Wie wäre es mit dem Charakter? Ein ansprechendes Aussehen ist nett, aber das hilft mir nicht weiter, wenn die Chemie nicht stimmt."

„Da du hier bist, muss ich wohl bei beidem genug Punkte gesammelt haben", schloss er.

„Vielleicht.“ Sie streckte ihm die Zunge raus. „Und jetzt Schluss mit dieser merkwürdigen Fragerunde. Wenn du nicht über dein Alter reden möchtest, ist das okay.“

„Nicht heute Nacht. Wenn Irina keinen Schaden mehr anrichten kann, erzähle ich dir alles, was du wissen möchtest. Jetzt würde es mir nur so vorkommen, als würde ich böse Geister beschwören.“

„Okay. Wie du meinst. Aber nicht kneifen“, sagte sie.

„Versprochen. Jetzt wirf mal einen Blick in den Kühlschrank.“

„Gern. Danke!“

Wenig später lümmelten sie zusammen auf dem Bett und futterten Käse-Trauben-Spieße.

Leise seufzend ließ Marie sich in die Kissen sinken. „Das war lecker. Jetzt habe ich auch die nötige Bettschwere.“

„Prima. Dann träum süß, kleine Wölfin.“

Der Vampir beugte sich über sie und gab ihr einen Kuss. Mit einem Ruck zog Marie ihn auf sich und atmete seinen einzigartigen Geruch ein.

„Jetzt werde ich wirklich gut schlafen.“

Vlad lachte leise. „Wenn du meinst. Wir können auch gern tauschen, immerhin bin ich kein Fliegengewicht und werde auf Dauer garantiert zu schwer für dich. Du musst im Gegensatz zu mir noch atmen.“

„Na gut“, murrte Marie, ließ sich jedoch bereitwillig auf die Seite drehen und kuschelte sich an Vladimir.

21
Imagination

Vladimir lehnte im Schatten eines monströsen Betonklotzes, der gegenüber dem Penthouse lag, in dem Irina derzeit residierte. Allein die Hausfront erzählte viel über die Menschen, die hier wohnten. Alles war abweisend und kühl, leblos, dafür jedoch verdammt teuer. Genau das Richtige für so eine Giftschlange wie die Oligarchentochter. Vlad hätte sich diese Unterkunft ebenfalls leisten können, doch sein unterirdisches Reich war viel gemütlicher. Zudem hielt er nichts von derlei protzigen Statussymbolen – ganz im Gegensatz zu Irina.

Der Vampir verwarf diese Überlegungen, denn sie brachten ihn nicht weiter. Gerade zählte nur, dass er Irina endlich in die Schranken weisen musste, sonst konnte es keine Zukunft mit Marie geben.

Jetzt zeigen wir dieser eingebildeten Ziege mal, was passiert, wenn man sich mit der falschen Person anlegt.

Vladimir hatte sich in den letzten Tagen schon oft einen Narren geschimpft, weil er das Problem nicht eher angegangen war. Es war dumm, zu glauben, dass die Unterlassungsklage etwas bewirken würde. Offensichtlich hatte der verlorene Prozess Irina nur in ihrem Hass auf ihn bestärkt, denn damit waren ihre Anschuldigungen entkräftet worden. Allerdings hatte er schlicht nicht damit gerechnet, dass sie ihn oder Marie körperlich angreifen könnte. Dabei hatte er doch gewusst, dass Irina keinerlei moralische Grenzen kannte!

Ich war echt blauäugig und habe mich viel zu lange auf meinem Sonderstatus als Vampir ausgeruht, statt zu handeln. Dafür musste Marie jetzt bezahlen.

Warum die Russin ihn als Feind auserkoren hatte, wusste er nicht, aber es bedurfte nicht viel Imagination, um das verletzte Ego dahinter zu erkennen. Das Model war es schlicht gewohnt, alles zu bekommen, was es wollte. Nur Vlad hatte sich geweigert. Irina durfte nicht mit ihm arbeiten und in seine Nähe, geschweige denn sein Bett, würde sie niemals gelangen.

Er verließ seinen Beobachtungsposten und durchquerte schließlich die Lobby des Hauses. Der Portier begrüßte ihn höflich, wenngleich distanziert. Dieser Umstand kam dem Vampir gelegen, denn so würde er problemlos ins Penthouse gelangen. Er lächelte freundlich, bevor er sich leicht zu dem Portier hinüberlehnte und ihn in seinen Bann zog.

„Zu Irina Petrowa bitte."

Der uniformierte Mann nickte, führte Vlad zu einem Fahrstuhl und verschaffte ihm dort mittels Schlüssel die Freigabe zum obersten Stockwerk.

Während der Fahrt ging Vladimir seinen Plan noch einmal durch. Irina und ihren Leibwächter zu beeinflussen, sollte kein Problem sein, doch wenn sie jemanden auf Marie angesetzt hatte, würde das alles deutlich komplizierter machen.

Als sich die Fahrstuhltüren mit einem leisen Pling öffneten und er die Wohnung betrat, war Vlad versucht, das Atmen einzustellen. Der schwere Geruch von Irinas Parfum lag in der Luft und biss unangenehm in seiner Nase. Es überraschte ihn nicht, als er Koks und Champagnergläser auf dem Sofatisch entdeckte. Wenn er sich nicht irrte, vergnügte die Dame sich gerade mit mindestens einem Mann und einer weiteren Frau.

Na super. Offenbar platze ich gerade in eine kleine Orgie. Aber so sind sie wenigstens abgelenkt.

Hinter Vladimir schlossen sich die Aufzugtüren. Der Vampir sah sich um und folgte dann den eindeutigen Geräuschen ins Schlafzimmer. Irinas Leibwächter stand nur ein paar Schritte von der Tür entfernt, was vorteilhaft war, denn dadurch diente er Vlad als Sichtschutz, während dieser die Situation analysierte.

Irina lag nackt auf dem protzigen Kingsize-Bett mit goldener Bettwäsche. Vor ihr auf den Laken kniete ein älterer, leicht übergewichtiger Herr, den Vlad als Chef einer Werbeagentur identifizierte. In einigem Abstand dazu entdeckte der Vampir eine junge Dame, die offenbar nicht ganz freiwillig hier war, denn er konnte ihre Angst deutlich riechen.

„Komm, nun hab dich nicht so! Willst du den Job oder nicht?“, herrschte Irina das Mädchen an, wahrscheinlich ein anderes Model, was nicht älter als neunzehn Jahre sein konnte und in Unterwäsche neben dem Bett stand, auf dem die Russin sich nackt rekelte.

Die Augen des Mädchens waren weit aufgerissen, während sie den nackten Agenturchef ansah, der sie gierig musterte.

Irina hatte bereits ihre Beine für ihn breitgemacht oder ihn zumindest angeheizt. Der Leibwächter glotzte ebenfalls zu dem Mädchen und machte keinen Hehl aus seinen Gelüsten, was Vlad einen kalten Schauer über den Rücken laufen ließ. Wenn er nicht eingriff, würde das hier für die junge Dame alles andere als gut ausgehen, denn der Job wäre kein Ausgleich für die traumatischen Erfahrungen, die ihr bevorstanden.

Lautlos schlich Vladimir sich von hinten an den massigen Leibwächter heran und griff blitzschnell an. Mit einer Hand hielt er dem Kerl den Mund zu, während er ihn mit einem gezielten Schlag gegen die Schläfe ausknockte und aus dem Zimmer zog. Behutsam legte Vlad ihn auf dem Boden ab, obwohl er nichts lieber getan hätte, als ihm die Eier abzureißen. Doch jetzt galt es erst einmal, das Mädchen aus dieser schrecklichen Situation zu retten und Irina unschädlich zu machen. Schnell schlüpfte der Vampir wieder in den Raum und sah, wie die Russin ihre jüngere Kollegin aufs Bett zerrte.

„Halt! Ich will das nicht", wimmerte diese und versuchte, sich aus dem schraubstockartigen Griff zu befreien.

„Cassy, du weißt doch, wie wichtig voller Körpereinsatz im Geschäft ist. Ich muss mich persönlich davon überzeugen, ob du für die Unterwäsche-Kollektion geeignet bist", säuselte der Alte.

Vladimir konnte nicht anders. Er packte den notgeilen Sack und schleuderte ihn schwungvoll gegen die Wand. Bewusstlos sackte dieser zusammen, während Irina wie eine Furie zu kreischen begann und sich auf Vlad stürzte.

„Du schon wieder! Wie kannst du es wagen, hier einzudringen, und meine Geschäfte zu stören?!“

Bevor ihre künstlichen Krallen ihm auch nur einen Kratzer zufügen konnten, hatte der Vampir schon die Kontrolle über Irina übernommen. Urplötzlich hielt sie inne und riss die Augen auf.

„Du hast sehr großes Glück, dass ich nicht leichtfertig töte“, sagte Vladimir ruhig. „Dein Ableben würde die Welt ohne Zweifel zu einem besseren Ort machen, aber ich glaube, ich habe eine passende Strafe für dich.“

Mit diesen Worten schickte er Irina schlafen. Angewidert stieß er sie auf das Bett, vor dem ihre junge Kollegin zitternd hockte. Vlad würde dafür sorgen, dass Irina beim Erwachen eine böse Überraschung erleben würde.

„Bitte! Bitte tun Sie mir nichts! Ich mache auch alles, was Sie wollen“, flehte das Mädchen, das als einziges noch bei Bewusstsein war.

Vladimir ging langsam zu ihr. „Lass zukünftig die Finger von Drogen und derlei windigen Angeboten. Irina ist die Königin der Schlangen, aber bei weitem nicht die Einzige, die deine Naivität skrupellos ausnutzen will.“

Nun begann das junge Model zu weinen.

„Ich wusste nicht, was mich erwartet. Irina hatte mich eingeladen und wollte mir den Agenturchef vorstellen. Sie hatte gemeint, es wäre meiner Karriere dienlich, ihn näher kennenzulernen.“

Tröstend legte Vlad ihr eine Hand auf die Schulter und drang gleichzeitig in ihren Verstand ein. Er löschte sowohl sich selbst aus ihren Erinnerungen als auch den letzten Teil der Geschehnisse. Diesen ersetzte er mit dem Gedanken, dass die junge Frau wegen plötzlichen Unwohlseins aus dem Schlafzimmer fliehen konnte, bevor es zu konkreten Handlungen gekommen war.

„Lass dich nie wieder auf so etwas ein. Jetzt zieh dich an und verschwinde."

Stumm nickte sie und verließ dann fluchtartig den Raum.

„So, nun zu euch."

Voller Abscheu musterte er Irina und den Agenturchef. Vladimir würde höchstpersönlich dafür sorgen, dass sie derlei kranke Machtspiele nie wieder mit anderen spielen konnten. Irinas Leibwächter, der ebenfalls in diese Angelegenheit verwickelt war, würde auch sein Fett wegbekommen.

Als Vladimir das Gebäude eine halbe Stunde später verließ, war er zufrieden, wenn auch erschöpft. Die Erinnerungen von Menschen zu manipulieren, war auf Dauer anstrengend, zumal er jetzt noch dafür sorgen musste, dass Irina Petrowa nie wieder einen lukrativen Auftrag bekommen würde.

Das unterschriebene Geständnis von ihr, dem Leibwächter und dem Agenturchef, dass sie sich gemeinsam an mehreren jungen Models vergangen hatten, dürfte für einen handfesten Skandal sorgen.

Wie gut, dass ich Kontakte zur Presse habe.

Und auch die Polizei würde diese Geständnisse in ihrem Briefkasten vorfinden. Vladimir machte keine halben Sachen. Er hatte seine Lektion gelernt und würde Irinas Skrupellosigkeit nicht noch einmal unterschätzen.

22
Taten oder Worte

Unruhig lief Marie in Vladimirs Wohnung auf und ab. Der Vampir war vor drei Stunden aufgebrochen und noch immer nicht zurück. Langsam machte sie sich Sorgen.

Insgeheim fragte sie sich, ob Vlad diese merkwürdige Irina mit Taten oder doch mit Worten unschädlich machen würde. Bei dem, was Marie mittlerweile von ihr wusste oder auch erlebt hatte, bezweifelte sie, dass es einfach sein würde. Diese Art von Mensch ließ sich nicht leicht bekehren und auch vampirische Manipulation hatte Grenzen.

Marie hoffte inständig, dass das durchgedrehte Model nach Vlads Besuch nicht mehr in der Lage war, anderen zu schaden. Weder der versuchte Rufmord noch der Angriff auf sie selbst oder Vlad waren Kleinigkeiten, über die man hinwegsehen konnte. Wäre Marie nur ein einfacher Mensch gewesen, hätte sie dieses Zusammentreffen wohl nur knapp und schwer verletzt überlebt.

„Wo bleibt Vladimir nur?“, murmelte sie.

Als sie wenig später endlich hörte, wie der Schlüssel an der Haustür klirrte und diese aufgestoßen wurde, sprintete Marie förmlich zur Tür.

„Und?“, fragte die Werwölfin, während sie Vlad musterte.

Der Vampir sah erschöpft, aber zufrieden aus, was sie erleichterte. „Irina wird morgen definitiv ein böses Erwachen haben. Wenn alles nach Plan läuft, dann ist sie geliefert und mindestens für einige Jahre raus aus dem Geschäft – vielleicht sogar für immer. Im Gefängnis wird es schwierig mit den Shootings."

Marie riss die Augen auf. „Was hat sie denn alles auf dem Kerbholz?"

„Ich kann dir nur ein paar Sachen erzählen, die ich heute gesehen beziehungsweise in ihrem Verstand entdeckt habe, aber diese Frau hat eine pechschwarze Seele und keine Skrupel. Andere Menschen sind ihr schlicht egal, wenn sie ihr keine Vorteile bringen."

Vladimir trat zu Marie. „Aber genug von ihr. Jetzt muss ich dich erst einmal küssen und dann duschen. Wenn man mit so viel Schmutz zu tun hat, fühlt man sich irgendwie dreckig."

Die junge Werwölfin streckte sich ihm entgegen und schlang ihre Arme um seinen Hals. „Mhm. Du riechst tatsächlich komisch. Ab ins Bad mit dir!"

Vlad lachte leise, bevor er Marie küsste und noch näher zog.

„Komm doch mit", flüsterte er an ihren Lippen.

„Wenn du mir erzählst, was passiert ist, gern."

„Aber natürlich."

Mit diesen Worten hob er sie hoch und trug sie ins Badezimmer. Marie lauschte teils fassungslos seinem Bericht.

„O Gott! Das arme Ding! Wie kann man nur so skrupellos sein?!"

„Keine Ahnung. Ich hoffe nur, dass jetzt wirklich Ruhe ist. Wenn alles nach Plan läuft, sind zumindest ihre potentiellen Opfer gewarnt und Irinas Taten kein dunkles Geheimnis mehr. Aus dieser Sache wird auch Papis Vermögen und Einfluss Irina nicht retten können. Wer weiß, was im Verlauf des Prozesses noch alles ans Licht kommt.“

23
Habseligkeiten

Einige Tage später stand Marie vor ihren Habseligkeiten, die sie während ihrer zwangsweisen Einquartierung bei Vlad mitgenommen hatte. Es waren nur ein paar Kleidungsstücke sowie Hygieneprodukte, also das, was sie dringend im Alltag benötigte, und doch kam es ihr in diesem Moment so viel vor.

Tatsächlich hatte es sich erstaunlich gut angefühlt und reibungslos funktioniert, bei dem Vampir zu wohnen, obwohl sie sich erst seit Kurzem kannten. Die Bedrohung durch Irina war wie ein Katalysator gewesen, denn aus eigenem Antrieb hätten sie diesen Schritt noch lange nicht gewagt.

Nun war die Gefahr vorerst gebannt. Damit bestand keine Notwendigkeit mehr für Marie und Vlad, ihre Wohngemeinschaft aufrecht zu erhalten. Doch etwas in der jungen Werwölfin sträubte sich, jetzt wieder alles einzupacken und in ihre leere Wohnung zu gehen. Ja, sie liebte ihre vier Wände und auch die Freiheit, die diese mit sich brachten, trotzdem würde es nicht mehr wie früher sein.

Es ist schon erschreckend, wie schnell ich mich an das Zusammenleben mit Vladimir gewöhnt habe.

Vielleicht war es dieser Gedanke, der Marie dazu bewog, nun doch ihre Reisetasche hervorzuholen und ihre Habseligkeiten darin zu verstauen. Für Marie war es die erste Beziehung. Daher war alles neu und aufregend, aber durch die Intensität der Gefühle und das Tempo, mit dem sich ihr Verhältnis zu Vlad änderte, eben auch beängstigend. In diesem Moment war es einfach zu viel, sodass Marie Angst hatte, sich selbst zu verlieren.

„Hallo Schönheit, was ..." Vladimir brach ab und sein Blick heftete sich auf die gepackte Tasche. Das Lächeln verschwand aus seinem Gesicht und machte Überraschung Platz. „Du gehst?"

Es war mehr Feststellung als Frage, doch die Werwölfin fühlte sich genötigt, zu antworten.

„Ja ... Ich ... ich muss einfach wieder nach Hause", erwiderte sie unsicherer als gedacht. „Dann hast du deine Wohnung wieder für dich und musst keine Rücksicht auf mich nehmen."

„Es war und ist kein Problem für mich. Ich bin gern mit dir zusammen und habe die Zeit sehr genossen."

Nun wirkte Vladimir niedergeschlagen und gleichermaßen enttäuscht. Das sonst so warme Leuchten seiner dunklen Augen erlosch und sein Gesicht wurde ausdruckslos.

Marie fühlte einen schmerzhaften Stich in ihrer Brust. Mittlerweile wusste sie, dass Vlad nicht so schnell Vertrauen zu anderen fasste, weil er zu seinen Lebzeiten als Mensch Opfer einer hinterlistigen Frau geworden war. Die Narben würden ihn immer an seine Naivität und die schmerzhafte Vergangenheit erinnern. Marie fand es umso erstaunlicher, dass er sie in sein Leben und seine Wohnung gelassen hatte.

„Das habe ich auch. Wirklich." Sie knetete die Hände und fühlte sich elend. „Es geht nur alles so schnell ... Ich brauche einfach ein wenig Abstand, um mir darüber klar zu werden, was ich möchte."

Sie ging zu Vladimir und gab ihm einen Kuss, zärtlich und bittersüß. Keiner von beiden schien sich trennen zu wollen, doch dann gab Marie sich einen Ruck und löste sich mit klopfendem Herzen von ihrem Vampir.

„Ich sollte gehen. Danke für alles."

Vlad sah sie einfach nur an und schien nicht zu wissen, was er tun oder sagen sollte. Sie wandte sich um und griff ihre Tasche. Als Marie die Tür schon fast erreicht hatte, erwachte Vladimir aus seiner Starre.

„Marie!"

Sie drehte sich zu ihm um.

„Du bist jederzeit herzlich willkommen. Melde dich einfach, wenn du so weit bist."

„Das werde ich. Bis bald."

Marie zwang sich zu einem kleinen Lächeln und dazu, die Wohnung zu verlassen. Jeder Schritt fiel ihr ungeheuer schwer. Das trieb sie auf eine verdrehte Art und Weise an, schnell Abstand zwischen sich und Vladimir zu bringen.

Ich tue das Richtige, redete sie sich gut zu. *Warum nur fühlt es sich so falsch an?*

Den letzten Gedanken vertrieb sie zügig wieder. Sie brauchte Freiraum, um sich klar zu werden, was sie tatsächlich für Vlad empfand, und was sie sich für eine Beziehung erhoffte.

24
Schnäppchenjagd

Was habe ich mir nur dabei gedacht?, fragte Marie sich nicht zum ersten Mal und war sich nicht sicher, was sie meinte: Die Tatsache, dass sie kalte Füße bekommen und vor zwei Wochen aus Vlads Unterkunft getürmt war, oder ihre Idee, an einem Samstagnachmittag unbedingt in der Innenstadt shoppen gehen zu wollen.

Letzteres war reine Ablenkung, denn zu Hause in ihrer Wohnung kam sie sich schrecklich einsam vor. Marie brauchte eigentlich nichts, aber ein Bummel durch die Geschäfte bereitete ihr normalerweise gute Laune.

Heute jedoch nervten die vielen Leute Marie einfach nur. Sie fühlte sich regelrecht erdrückt von den zahlreichen, meistens nicht besonders angenehmen Gerüchen und dem Lärm der Einkaufenden. Manche Menschen waren so in ihrer Schnäppchenjagd gefangen, dass Rücksicht und Anstand Fremdwörter zu sein schienen.

Als Marie an einem Kleiderständer mit reduzierten Blusen von einer Mittvierzigerin grob zur Seite gestoßen wurde, platzte ihr der Kragen.

„Na hören Sie mal. Was bilden Sie sich ein!?“, knurrte sie die Frau an.

Diese wollte Marie erst ignorieren, doch die Werwölfin packte die Dame von hinten und war kurz davor, sie einfach aus dem Geschäft zu werfen, als ihre erlernten Schutzmechanismen griffen. Statt also zum Wurf auszuholen, was deutlich befriedigender gewesen wäre, schob sie die Mittvierzigerin resolut zur anderen Seite des Ständers.

„Dort ist Ihre Größe!“

Die Frau guckte verdutzt, öffnete den Mund zum Protest, doch ein Blick auf Marie ließ sie schleunigst das Weite suchen. Die Werwölfin ballte die Fäuste und musste mehrmals tief Luft holen, um ihre Gefühle unter Kontrolle zu bringen.

Verdammt! Was mache ich hier eigentlich?!

Obwohl es total kindisch und übertrieben war, hatte sie Vlad auf allen Kanälen blockiert. Sie brauchte einfach Abstand, um klar denken zu können, auch wenn das bisher nicht von Erfolg gekrönt war, weil sie sich nach dem Vampir verzehrte.

Den Aufschrei in der Presse, den Irinas Geständnis über ihre Intrigen erzeugt hatte, konnte Marie jedoch nicht ignorieren. Am Tag nachdem sie aus Vlads Wohnung ausgezogen war, waren die ersten Schlagzeilen zu diesem ‚Größten Skandal der Modewelt seit Jahrzehnten‘ erschienen. Auch in den letzten beiden Wochen hatte es mehrere Reportagen und Berichte zum Thema in fast allen Medien gegeben. Tatsächlich hatte die junge Werwölfin die Berichterstattung aufmerksam verfolgt und war erleichtert gewesen, dass Vladimirs tadelloser Ruf nun wiederhergestellt war.

Nur leider war Marie immer noch zu keinem Entschluss gekommen, was sie nun tun sollte. Einerseits sehnte sie sich nach Vlad, andererseits machte ihr eben diese Tatsache Angst. Trotz aller Verliebtheit kam ihr das alles zu extrem vor. Innerhalb weniger Tage hatte der Vampir sich so fest in ihre Gefühlswelt und schließlich auch ihren Alltag eingebrannt, dass Marie himmelangst wurde, wenn sie daran dachte, was wäre, wenn Vladimir sie nach ein paar Monaten oder Jahren verlassen würde. Das war doch nicht normal, oder?

Noch eine andere Sache nagte an ihr, obwohl Vlad nie irgendetwas in dieser Hinsicht hatte erahnen lassen. Als Modefotograf war er ständig von schönen und auch bekannten Persönlichkeiten umgeben. Er konnte theoretisch jede haben und hatte sich ausgerechnet für Marie entschieden. Sie fragte sich, wie lange seine Faszination für sie anhalten würde. Was Mode und derlei anging, war sie nicht gerade bewandert und das würde sich auch nicht ändern. Sie konnte und wollte sich für niemanden verbiegen. Im Gegensatz zu ihrer Freundin Emilia waren ihr Trends schlicht egal. Marie trug das, was ihr gefiel und praktisch war. Sie schminkte sich noch nicht einmal regelmäßig. War sie damit eine angenehme Abwechslung oder würde Vlad irgendwann die Perfektion vermissen, von der er ständig umgeben war?

All das schürte ihre Unsicherheit und hinderte sie daran, dem Vampir zu schreiben. Tief in sich wusste Marie, dass sie sofort schwach werden würde, wenn er ihr nahekam.

„Marie? Kommst du bitte mit in mein Büro?“

Die Angesprochene zuckte zusammen und schaute ihren Chef überrascht an.

„Moment, Seth. Ich bin gleich fertig.“

Schnell sortierte sie die letzten Gläser ins Regal hinter der Bar und folgte dem Inkubus, der vor dem Tresen auf sie gewartet hatte.

Was hat das zu bedeuten?, grübelte Marie, während sie schweigend zum Büro gingen.

Die Werwölfin wusste nicht, ob sie besorgt oder erleichtert sein sollte, als Seth sie bat, sich auf das Sofa zu setzen, statt hinter seinem massiven Schreibtisch aus Ebenholz Platz zu nehmen, wie er es bei Geschäftsgesprächen zu tun pflegte.

„Ich weiß, dass dir das merkwürdig vorkommen muss und ich mich eigentlich nicht einmischen sollte, aber du machst dich gerade sehr unglücklich“, eröffnete ihr Chef das Gespräch.

„Tue ich das?“, gab Marie leicht trotzig zurück.

Der Inkubus lachte.

„Ich kann deine Gefühlswelt klar und deutlich vor mir sehen, vergiss das nicht.“ Dann fügte er ernster hinzu: „Seit zwei Wochen liegt ein dunkler Schatten auf deiner sonst so strahlenden Aura. Was hat Vlad verbrochen, dass du dich weigerst, deinem Herzen zu folgen?“

Bei dieser Beschreibung musste Marie schlucken und rieb sich unbewusst über das Brustbein. Dort spürte sie immer noch diesen dumpfen Schmerz, der einfach nicht verschwinden wollte.

„Nichts", gab sie schließlich kleinlaut zu. „Mir ging es schlicht zu schnell und irgendwie komme ich aus dieser verfahrenen Situation nicht mehr heraus."

Seth hob die dunklen Brauen und seine blauen Augen hatten eine beinahe hypnotische Wirkung auf Marie, deswegen erzählte sie ihm, was ihr auf dem Herzen lag, ohne darüber nachzudenken.

„Vladimir ist mein erster fester Freund. Die Gefühle für ihn sind so stark, dass ich Angst habe, mich selbst zu verlieren. Sind sie nur da, weil ich so unerfahren bin und ich betrüge mich selbst damit, oder sind sie wirklich so intensiv? Und wenn ja, wie lange kann so etwas Bestand haben? Ich weiß einfach nicht, was ich fühlen oder tun soll."

„Ah, hier liegt der Hase im Pfeffer." Der Inkubus lehnte sich zurück und lächelte. „Ich kann verstehen, dass dich diese ganzen Emotionen einschüchtern. Wenn du vorher noch nicht verliebt oder in einer Partnerschaft warst, dürfte es schwer sein, das alles einzuordnen. Nur noch eine Frage, bevor ich versuche, dir diese besondere Situation zu erklären."

Marie nickte.

„Hat Vlad dich gebissen und dein Blut getrunken?"

Bei der Erinnerung an dieses Ereignis sowie dessen Folgen verspürte Marie gleichermaßen Sehnsucht und Verlegenheit.

Trotzdem antwortete sie wahrheitsgemäß: „Ja, allerdings nur einmal."

„Danke, das hatte ich schon vermutet und Emilia ebenfalls." Seth wirkte zufrieden und faltete die Hände. „Der Grund, warum deine oder eher eure Gefühle so extrem sind, ist einfach und kompliziert zugleich: Ihr seid Seelengefährten."

„Wie bitte?!" Marie glaubte, sich verhört zu haben.

Das kann doch nicht wahr sein ... Oder?

„Es stimmt. Darauf gibt es viele Hinweise, die ich als Betroffener gut erkennen und einordnen kann."

Geschockt ließ Marie sich gegen die Sofalehne sinken. Natürlich war ihr das ein Begriff und durch ihre Freundin Emilia wusste sie, dass diese mystischen Verbindungen tatsächlich existierten. Aber sie selbst und Vlad?

„Erzähl mir bitte mehr", forderte sie Seth auf.

„Gern. Da ich aus eigener Erfahrung weiß, wie krass diese ganze Sache ist, versuche ich dir zu erklären, warum deine Welt kopfsteht, seit Vlad da ist." Er lächelte verständnisvoll. „Seelengefährten sind quasi die perfekten Partner. Geschlecht, Herkunft, Alter, übernatürlich oder nicht ist scheinbar vollkommen egal für diese besondere Verbindung. Ihr seid die fehlende Hälfte des jeweils anderen und könnt auch die Finger nicht voneinander lassen. Das kann sogar so weit gehen, dass eigentlich sterile Wesen wie Vampire plötzlich fruchtbar werden."

Marie fühlte sich, als hätte ihr jemand einen Eimer Eiswasser über den Kopf gekippt.

„Was?!", krächzte sie.

Bisher hatte sie sich in Sicherheit gewiegt, aber diese Information schürte neue Sorgen.

Könnte ich wirklich von Vlad schwanger werden? Bin ich es vielleicht schon?

Offenbar waren ihre Gedanken offensichtlich, denn Seth meinte: „Keine Sorge, du hast noch keinen unbemerkten Mitbewohner. Allerdings liegt es im Bereich des Möglichen, weshalb ich dir das hier auch erzähle. Es ist nur fair, euch vorzuwarnen, statt euch vor vollendete Tatsachen zu stellen."

Marie war sehr dankbar dafür. Seth fuhr fort.

„Wie du dich vielleicht erinnern kannst, war Emilias und mein erstes Zusammentreffen auch emotional sehr geladen. Nur ist meine Frau direkt vor mir weggelaufen, statt nach ein paar Wochen wie du. Diese extreme Anziehungskraft ist beängstigend, keine Frage. Wenn einem die Vergleichswerte fehlen, wahrscheinlich noch viel mehr. Ich wusste immerhin, dass meine Empfindungen Emilia gegenüber eine ganz andere Hausnummer waren als alles, was ich in den letzten Jahrhunderten erlebt hatte. So ähnlich wird es auch Vladimir gehen, weshalb er dir sicherlich auch Raum geben wollte." Nun blickte Seth sie ernst an. „Man kann vor dieser Verbindung nicht weglaufen. Es zieht euch unweigerlich zueinander, ob ihr wollt oder nicht. Auch Vlad kommt dagegen kaum an, weshalb er hier des Öfteren nachts auf dem Gelände herumgeschlichen ist."

„Wie bitte?"

Überrascht sah sie ihren Chef an. So manches Mal hatte sie dieses typische Prickeln verspürt, das sie in Vlads Nähe hatte, doch begegnet waren sie sich nie.

„Du hast schon richtig gehört. Ich denke nicht, dass er mich bemerkt hat, aber euer Gefühlschaos bleibt jemandem wie mir nicht verborgen. Das ist in etwa so, als würde ein Löschzug mit Martinshorn an einem vorbeirauschen."

„Oh, sorry."

Marie hatte nie darüber nachgedacht, wie ihre Emotionen auf andere wirken mussten. Zum Glück war Seth der einzige Traumwandler, mit dem sie beinahe täglich zu tun hatte.

Still lauschte die Werwölfin den weiteren Ausführungen. Je mehr er berichtete, desto mehr wuchs die Gewissheit in Marie, dass Seth tatsächlich recht hatte. Außerdem wurde ihr jetzt erst richtig bewusst, dass sie mit ihrer Flucht nicht nur sich selbst Schmerzen zugefügt hatte.

„Oh Mann. Da habe ich einiges wiedergutzumachen", seufzte sie und fuhr sich mit den Händen über das Gesicht.

„Er wird es verstehen", redete Seth ihr gut zu. „Was ihr mit dieser Erkenntnis macht, ist eure Sache. Fakt ist jedoch, dass ihr ohne den jeweils anderen wohl nicht glücklich werden könnt. Indem er dein Blut getrunken hat, hat er das Band unbewusst noch gestärkt."

„Und nun?"

Der Inkubus zwinkerte ihr zu. „Nun solltest du dafür sorgen, dass dein Gefährte in deiner Nähe bleibt. Du bist nicht die Einzige, die vor Schmerz oder intensiven Gefühlen weglaufen kann."

Ihr Chef stand auf und Marie tat es ihm gleich.

„Chen übernimmt deine Schicht. Sieh zu, dass du deinen Vampir erwischst, bevor er die Stadt verlässt."

25
Auf ein Neues

Vladimir vergewisserte sich, dass er alle technischen Geräte ausgeschaltet hatte, die nicht zwingend für die Sicherheit der Wohnung notwendig waren. Selbst das Wasser hatte er abgestellt, denn wenn er irgendwann zurückkehrte, war ein Wasserschaden das Letzte, was er vorfinden wollte.

Ein letztes Mal wanderte sein Blick zu einem Schnappschuss von Marie an seiner Fotowand, die ihn anlächelte, und sofort spürte Vlad wieder diesen Schmerz in seinem eigentlich toten Herzen. Die junge Werwölfin hatte ihn sich wieder lebendig fühlen lassen.

Doch mit ihrem überstürzten Auszug hatte sie einen Teil von ihm mitgenommen.

Was habe ich nur falsch gemacht, dass sie von jetzt auf gleich den Kontakt abbricht?, fragte er sich wohl zum tausendsten Mal.

So sehr er auch darüber nachgrübelte, er fand nichts. Ja, natürlich hätte er sie eher über den Konflikt mit Irina informieren müssen, doch das war nichts, was man beim ersten Date erzählte. Zudem hatten sie das Thema eigentlich geklärt und Marie schien ihm verziehen zu haben. Was auch immer sie von ihm entzweit hatte, er wusste es nicht.

In den letzten Wochen war so einiges los gewesen und trotzdem konnte er Marie einfach nicht vergessen. Jedes Mal, wenn sein Telefon geklingelt hatte, war er in der Hoffnung herangegangen, dass es die junge Werwölfin sein könnte. Doch nichts. Die Presse interessierte sich umso mehr für ihn, seit Irinas Verfehlungen öffentlich bekannt geworden waren. Allerdings hielt er sich bedeckt, um weiteren Gerüchten möglichst wenig Nahrung zu geben und keine Angriffsfläche zu bieten. Es erleichterte ihn, dass mit der Anklage gegen Irina nun die letzten Zweifel an seiner Unschuld ausgeräumt waren, doch deswegen wollte er trotzdem nicht im Rampenlicht stehen. Es war einfach unter seiner Würde, Klatsch und Tratsch anzuheizen und das Model auf diese Weise zu verunglimpfen.

Dieser Sieg hatte Vladimir einiges gekostet, vielleicht sogar das Wertvollste, was er je besessen hatte: Marie.

Statt also seinen Triumpf über Irina zu feiern, verließ er nun sein Zuhause, die Stadt und wahrscheinlich auch das Land, um wieder zu sich selbst zu finden. Gerade lockten ihn die ‚Lost Places', denn er fühlte sich ebenso verloren und vergessen wie sie.

Mit einem Seufzer zog er die Tür zu und schloss ab. Sein Equipment befand sich bereits im Auto, nur eine Reisetasche mit seiner Kleidung und wenigen persönlichen Sachen musste noch eingeladen werden. Vladimir griff danach und lief durchs Haus zu seinem Stellplatz in der Tiefgarage. Das Auto blinkte, als er es öffnete und die Tasche verstaute, dann schloss er die Heckklappe und stieg ein.

„Auf ein Neues“, murmelte er und startete den Motor. Vlad hoffte sehr, dass er wieder mehr er selbst sein würde, wenn er irgendwann zurückkehrte.

Vielleicht würde er Marie sogar eine Postkarte schicken, wenn etwas Zeit vergangen war. Das befand er als nicht zu aufdringlich, denn alle üblichen Wege hatte sie stillgelegt.

Auf gewisse Weise verstand er, dass sie Angst vor ihren Gefühlen hatte. Bisweilen hatten sie ihn auch beunruhigt, denn normalerweise fasste er nicht so schnell Vertrauen zu anderen. Obwohl es ihn unglaublich geschmerzt hatte, sie gehen zu lassen, war es für ihn in Ordnung gewesen, dass sie sich Freiraum und Bedenkzeit erbeten hatte. Ihm wäre es nur lieber gewesen, wenn er eine Chance gehabt hätte, um Marie zu kämpfen oder wenigstens mit ihr zu reden, doch das hatte sie ihm verwehrt.

Tatsächlich hatte er mehrfach vor dem *Insomnia* gestanden, hatte sogar den Club betreten, jedoch war er nicht zu Marie hineingegangen, denn er wollte – musste – ihre Entscheidung akzeptieren, auch wenn es ihn innerlich zerriss. Eine Szene an ihrem Arbeitsplatz konnte keiner von ihnen gebrauchen.

So war Vlad unverrichteter Dinge wieder abgezogen und hatte sich in seine Arbeit gestürzt. Beim Aufräumen war ihm dann die Anfrage einer Agentur für einen neuen ‚Lost Places‘ Kalender in die Hände gefallen und er hatte sich an die Reisevorbereitungen gemacht.

Vielleicht haben wir in einigen Jahren noch eine zweite Chance, wenn Marie Gelegenheit hatte, andere Erfahrungen zu sammeln.

Allerdings ließ ihn allein der Gedanke daran, dass ein anderer Mann mit der jungen Frau zusammen sein könnte, knurren. Seine Hände umklammerten das Lenkrad so fest, dass seine Knöchel hervortraten. Von daher war es besser, die Gegend zu verlassen.

Wer weiß? Vielleicht findet Marie den perfekten Partner und gründet eine Familie.

Etwas, das sie mit ihm niemals haben konnte. Über dieses Thema hatten sie nie gesprochen, denn eigentlich sollte ihre gemeinsame Zeit ohne Verpflichtungen sein. Dass Vlad sich in die junge Werwölfin verlieben würde, damit hatte er schlicht nicht gerechnet.

„Ich bin eben ein echter Glückspilz", brummte er und setzte den Blinker, um abzubiegen.

Eine Sache musste Vladimir noch erledigen, denn versprochen war versprochen. Deswegen lag auf dem Beifahrersitz ein flaches Päckchen, das er in Maries Briefkasten werfen wollte: das gerahmte Porträt von Marie als Geschenk für ihre Mutter.

Plötzlich sprang etwas vor ihm auf die Straße und Vlad legte eine Vollbremsung hin. Trotzdem kollidierte er mit dem Hindernis, das sich als junge Frau entpuppte.

Erschrocken riss Vlad die Tür auf und stürzte aus dem Wagen, um zu sehen, wie es der Person ging. Als er die roten Locken registrierte und ihm ein wohlbekannter Geruch, vermischt mit dem süßen Aroma von Blut, in die Nase stieg, hätte der Vampir am liebsten vor Verzweiflung geschrien.

„Nein, nein! Das darf nicht wahr sein!“, flüsterte er stattdessen.

Vor seinem Auto lag keine andere als Marie – und sie war verletzt.

26

Reden ist Silber

Für einen kurzen Moment verspürte Vladimir nichts anderes als pure Angst. Maries Blutgeruch war einfach zu viel in dieser Situation. Zum Glück regte die junge Werwölfin sich leicht. Sie lebte also noch.

Gott sei Dank!

Vlad ließ sich auf die Knie fallen und tastete vorsichtig über ihren Kopf. Unter seinen Fingern spürte er eine kleine Beule, jedoch keine Feuchtigkeit. Sorgsam untersuchte er sie weiter, um die Ursache für den Blutgeruch zu finden.

„Marie! Hörst du mich?“, rief er.

„Mhm“, grummelte sie und runzelte die Stirn.

Bei dieser Reaktion musste Vlad schmunzeln, obwohl er sich Sorgen machte. Genau so hatte Marie immer reagiert, wenn er sie geweckt hatte. An ihrem linken Knie fand er schließlich eine Schürfwunde, die für den Blutgeruch verantwortlich war. Brüche oder Ähnliches konnte er nicht erkennen und seine sensiblen Sinne meldeten auch keine Störungen in Maries Vitalfunktionen.

„Hey, Schlafmütze! Jetzt ist wirklich der falsche Zeitpunkt, um Morgenmuffel zu spielen“, rügte er sie liebevoll, bevor er sie hochhob und auf dem Beifahrersitz absetzte.

Das Päckchen mit dem Bild verstaute er vorher im Handschuhfach.

Zum Glück war die kleine Straße, in der der Unfall passiert war, menschenleer, sodass es keine Schaulustigen oder besorgten Helferlein gab, die Marie ins Krankenhaus bringen wollten. Da sie kein Mensch war, würde das nur mehr Probleme verursachen als helfen.

„Vlad, was …", murmelte die junge Werwölfin und hielt sich den Kopf.

„Endlich!"

Vladimir ließ den Sicherheitsgurt zuschnappen und richtete sich auf. Der Blick aus Maries grünen Augen war klar, wenngleich sie einen leicht verwirrten Eindruck machte. Vorsichtig nahm er ihr Gesicht in seine Hände.

„Wenn Vampire einen Herzinfarkt bekommen könnten, hätte ich gerade einen erlitten. Warum bist du vor mein Auto gesprungen?! Du hättest auch einfach rufen können."

„Ich … Es tut mir leid. Als ich hörte, dass du die Stadt verlässt und ich dich dann tatsächlich wegfahren gesehen habe, ist bei mir etwas durchgeknallt. Ich musste dich irgendwie aufhalten."

Hoffnung keimte in Vlad auf, doch er versuchte, das Gefühl zu unterdrücken. Es konnte hunderte Gründe geben, warum Marie seine Abreise verhindern oder herauszögern wollte.

„Wer hat dir davon erzählt?", fragte er, um sich von ihrem betörenden Duft abzulenken.

Das Verlangen, sie in seine Arme zu ziehen und zu küssen, war beinahe übermächtig, doch Vladimir biss die Zähne zusammen.

Marie errötete. „Seth hat mich in sein Büro zitiert und mir durch die Blume mitgeteilt, dass ich eine Idiotin bin und mich selbst unglücklich mache, wenn ich dich ziehen lasse."

Überrascht sah Vladimir sie an. Den Inkubus hatte er nur ein paar Mal getroffen und nicht damit gerechnet, dass ausgerechnet dieser Marie umstimmen könnte.

Vielleicht sind meine Besuche im ‚Insomnia' doch nicht so unentdeckt geblieben, wie ich angenommen hatte.

„Bitte verzeih mir! Mir wurde es einfach zu viel und ich hatte Angst, dass ich mir das alles nur einbilde. Es lief zu perfekt. Das konnte nicht wahr sein." Kurz wirkte es so, als wollte Marie weitersprechen, doch dann griff sie in Vlads dunkle Haare und zog seinen Kopf zu sich. „Ich liebe dich", flüsterte sie, bevor sie seinen Mund mit einem leidenschaftlichen Kuss verschloss.

Vlad seufzte leise und erwiderte den Druck ihrer Lippen.

In manchen Situationen ist Reden wirklich Silber und Schweigen Gold.

Später würden sie sich aussprechen, doch gerade sagte der Kuss mehr als tausend Worte. Als er endete, sahen sie sich für einen Moment einfach nur stumm an.

„Komm. Ich fahre dich nach Hause", meinte Vlad und löste sich von ihr. „Du gehörst ins Bett."

„Aber nur, wenn du versprichst, nicht heimlich abzuhauen, während ich mich auskuriere", forderte Marie.

„Versprochen. Ich bleibe bei dir, bis du vollständig genesen bist – und dann sollten wir reden."

Erschöpft und gleichzeitig angespannt saß Marie neben Vladimir im Auto. Sie wusste nicht, was sie sagen oder ob sie besser den Mund halten sollte. Ihr Kopf schmerzte noch ein wenig, genauso wie ihre Hüfte und das linke Knie. Doch in ein paar Stunden wäre alles verheilt, was ein sehr glücklicher Umstand war.

Vors Auto zu springen, war wirklich eine saublöde Idee, dachte sie und rieb sich den Hinterkopf.

Die Beule dort ging bereits zurück. Einen Menschen hätte man nach dem Unfall ins Krankenhaus eingeliefert. Maries Werwolfsgene würden dafür sorgen, dass das nicht nötig war. Zum Glück hatte Vladimir noch bremsen können, sodass es kein heftiger Aufprall gewesen war.

„Geht es dir wirklich gut?"

Vlads Frage ließ Marie aufblicken.

„Ja, leichte Schmerzen hier und da, aber das ist alles spätestens morgen verheilt."

„Wenn du doch zum Arzt oder Röntgen gehen willst, sag Bescheid. Ihr heilt schnell, aber man muss nichts riskieren." Der Vampir musterte sie besorgt, bevor er seine Aufmerksamkeit wieder auf die Straße richtete.

Marie setzte an, den Kopf zu schütteln, ließ es dann jedoch bleiben.

„Alles gut. Wenn es nicht besser wird, gehe ich zum Arzt, obwohl ich es lieber vermeiden würde."

„Habt ihr denn eine Liste von vertrauenswürdigen Praxen?"

Marie nickte vorsichtig. „Ja, die ist rudelübergreifend für die ganze Region. Manchmal brauchen selbst wir eine medizinisch ausgebildete Person. Ein paar spezielle Ärztinnen, Sanitäter, Hebammen und Krankenschwestern zur Hand zu haben, ist immer hilfreich."

Überrascht registrierte sie, dass sie gleich zu Hause sein würden. Offenbar hatte der Unfall ihr Zeitgefühl beeinträchtigt. Ein Hinweis, dass Marie unter Schock stand und es nicht übertreiben sollte.

„Komm. Ich bringe dich hoch", sagte Vladimir, nachdem er das Auto in der Nähe ihres Häuserblocks geparkt und sich abgeschnallt hatte. Zügig lief er um das Auto herum und öffnete die Beifahrertür.

„Danke!"

Marie schmiegte sich an den Vampir, als dieser sie hochhob und in ihre Wohnung trug. Zum Aufschließen musste er die Werwölfin kurz mit einer Hand fest an sich drücken, was die junge Frau insgeheim genoss.

„So, da wären wir", verkündete Vladimir und setzte sie auf ihrem Bett ab.

„Danke! Bleibst du bei mir?"

„Ja. Ruh' dich aus. Ich hole dir ein Glas Wasser und etwas zum Kühlen."

Erschöpft sank Marie in die Kissen, streifte ihre Schuhe ab und starrte an die Decke. Ein wenig wurmte es die Wölfin, dass Vlad bisher nicht auf ihre Liebeserklärung reagiert hatte. Auf der anderen Seite war es unrealistisch, große Freudensprünge zu erwarten, wenn sie ihn vorher ohne Vorwarnung aus ihrem Leben geworfen und ausgesperrt hatte.

Hoffentlich kann er mir verzeihen, betete Marie im Stillen.

„Vladimir ...“, setzte sie an, als er mit einem Glas Wasser und einem Coolpack ins Schlafzimmer zurückkehrte. „Es tut mir leid. Ich war eine Idiotin.“

„Schsch.“ Der Vampir legte ihr sanft einen Finger auf die Lippen. „Lass uns morgen reden, wenn du wieder auf der Höhe bist.“

„Na gut.“

Marie trank einen Schluck, dann lüpfte sie die Bettdecke. „Ich würde mich sehr freuen, wenn du über Nacht bleibst.“

„Glaube nicht, dass ich dich nach dieser Aktion alleine lasse.“ Er zog seine Schuhe aus und schlüpfte zu Marie unter die Decke. „Versprich mir bitte, dass du dich niemals wieder vor ein Auto wirfst, okay?“, verlangte Vlad.

„Versprochen. Diese Erfahrung muss ich wirklich nicht wiederholen.“ Marie lächelte verlegen.

Dann überbrückte sie den Abstand zwischen ihnen und schmiegte sich an Vlad. Sofort ging es ihr besser.

Gott, wie sehr habe ich das vermisst ... Ich war so blind.

27
Agilität

Am nächsten Morgen erwachte Marie ohne Schmerzen. Die ganze Nacht hatte Vladimir über sie gewacht und schnarchte ihr nun leise ins Ohr. Sein Arm war fest um ihre Taille geschlungen, als hätte er Angst, Marie würde sich in Luft auflösen. Lächelnd kuschelte sie sich noch etwas näher an ihren Vampir und fühlte sich endlich wieder gut – seltsam vollständig.

Nur warum ist das so?, fragte sie sich.

Da fiel ihr die Sache mit den Seelengefährten wieder ein. Marie wusste immer noch nicht so recht, was sie davon halten sollte. Gestern war keine Zeit gewesen, um über dieses Thema nachzudenken und nach dem Unfall hatte ihr Körper nach Schlaf verlangt, um zu heilen.

Mit so etwas Besonderem wie Seelengefährten hatte sie jedenfalls nicht gerechnet, als sie sich damals bei dieser Datingseite angemeldet hatte. Mit Emilia und Seth als Paar vor Augen, war es jedoch einfacher, manches als gegeben zu akzeptieren. Die Vampirin war damals auch rasend schnell mit dem Inkubus zusammengekommen und die Finger konnten die beiden selbst heute – ein halbes Jahr später – noch nicht voneinander lassen.

Insgeheim hatte die junge Werwölfin sich auch so eine Beziehung gewünscht, aber nie wirklich damit gerechnet. Als der Fall dann unerwartet eingetreten war, war sie einfach überfordert gewesen.

Marie hatte Abstand gebraucht. Vladimir direkt auf allen Kanälen zu blockieren, war reiner Selbstschutz gewesen, denn sie wusste, dass sie sofort wieder schwach geworden wäre. Um einen klaren Gedanken und sich ihrer Selbst sowie ihren Wünschen bewusst werden zu können, hatte sie diesen harten Schnitt wagen müssen. Es war unfair und möglicherweise kindisch, doch zu diesem Zeitpunkt war es in ihren Augen notwendig gewesen.

Erst durch Seths Erklärung war Marie bewusst geworden, dass sie sich durch die Trennung förmlich selbst das Herz aus der Brust gerissen hatte.

Die junge Werwölfin seufzte leise. Dass Vladimir ebenfalls leiden und sogar die Stadt verlassen könnte, war Marie überhaupt nicht in den Sinn gekommen, so sehr war sie mit sich selbst beschäftigt gewesen. Sie drehte sich zu Vlad um und kuschelte sich an ihn.

„Ich hoffe, du kannst mir verzeihen", flüsterte sie.

„Natürlich werde ich das", kam die leicht verschlafene Antwort zurück. „Allerdings wäre ich dir wirklich sehr verbunden, wenn du nicht noch einmal ohne Vorwarnung verschwinden und mich dann im Dunkeln tappen lässt. Diese Ungewissheit war echt fies, zumal du mir auch keine Möglichkeit gegeben hast, mit dir zu reden, um herauszufinden, was passiert war."

„Es tut mir leid", murmelte Marie und errötete. „Das waren wohl die klassischen kalten Füße. Mein Mangel an Erfahrung hat da wirklich nicht geholfen."

Mit einer fließenden Bewegung wechselte Vlad die Position. Marie war beinahe neidisch auf die Agilität und Eleganz des Vampirs. Sie war kein Trampel, doch mit dieser katzenhaften Art konnte sie nicht mithalten. Nun lag sie unter ihm, was ihr einen wohligen Schauer verursachte.

„Zu welchem Ergebnis bist du nun gekommen? Du wolltest mich unbedingt aufhalten und bist sogar vor mein Auto gesprungen. Dabei hätte ein noch so kleines Zeichen von dir genügt, um mich am Gehen zu hindern", sagte er.

Marie nahm ihren Mut zusammen und wiederholte die Erkenntnis des gestrigen Tages. „Ich liebe dich, Vladimir. So sehr, dass es mir Angst gemacht hat."

„Hat?" Vlad zog die Augenbrauen in die Höhe.

„Seths Erklärung hat mir geholfen, meine Gefühle besser zu verstehen."

„Jetzt bin ich ganz Ohr. Was hat er gesagt?"

„Er meinte, dass ich mich unglücklich mache und gegen mein Herz kämpfe, indem ich dich verlassen habe." Marie schaute lieber auf die verschlungenen Tattoos als in Vlads dunkle Augen. „Es fühlte sich falsch an, zu gehen, und gleichzeitig hatte ich Angst, zu bleiben." Sie seufzte. „Das klingt alles wirr, ich weiß, aber ich war mit der Situation einfach überfordert. In den ganzen Jahren haben kein Mann und auch keine Frau mein Interesse wecken können, warum sollte sich daran plötzlich etwas ändern? Mit deinem

Erscheinen stand meine Welt auf einmal kopf. Alles war neu, schön und regelrecht berauschend. Selbst unsere erzwungene Wohngemeinschaft funktionierte reibungslos – ein Ding der Unmöglichkeit, so kurz, wie wir uns erst kannten. Rasend schnell habe ich mich an das angenehme und sehr bequeme Leben bei dir gewöhnt, obwohl ich meine Unabhängigkeit immer sehr zu schätzen gewusst habe. Die Zeit mit dir war so erschreckend harmonisch und du wirktest so perfekt – das konnte einfach nicht wahr sein."

„Wie kommt es, dass du deine Meinung geändert hast?"

„Ich fühlte mich so leer ohne dich, trotzdem wusste ich nicht, wie ich am besten wieder Kontakt zu dir aufnehmen sollte. Erst mit etwas Abstand ist mir bewusst geworden, dass ich überreagiert habe. Nur ist es überhaupt nicht einfach, aus dem Schneckenhaus zu kommen und um Verzeihung zu bitten. Nach meinem Abgang wäre es nur zu verständlich gewesen, wenn du nichts mehr von mir hättest wissen wollen."

Marie blickte auf. „Seth hat etwas gesagt, an das ich nie im Leben gedacht hätte, aber seine Erklärungen ergaben Sinn und nahmen mir merkwürdigerweise etwas von meiner Angst. Meine Gefühle für dich waren, nein sind, so unglaublich stark, dass ich kaum dagegen ankomme. Seth ist sich sicher, dass wir Seelengefährten sind und wir diese Verbindung noch gestärkt haben, indem du von mir getrunken hast."

„Seelengefährten? Meinst du dieses ‚Und sie lebten glücklich bis an ihr Lebensende, weil sie füreinander bestimmt sind'-Ding?"

Marie nickte und wartete auf eine Reaktion von Vlad. Noch immer wusste die junge Werwölfin nicht, was er für sie empfand. Langsam wurde sie nervös.

„Das erklärt einiges und ich kann verstehen, dass es dir Angst gemacht hat. Für mich war das auch überraschend extrem." Vladimir beugte sich zu ihr herunter und Maries Herz hüpfte vor Aufregung. „Ich liebe dich auch. Versprich mir nur, dass du nicht wieder wegläufst und mich in Ungewissheit lässt. Ich habe mir Sorgen und alle möglichen Vorwürfe gemacht."

„Versprochen." Marie zog ihn zu sich herunter. „Jetzt will ich dich endlich wieder spüren. Es ist viel zu lange her."

„Dein Wunsch ist mir Befehl."

Dann küsste er sie und das so liebevoll, dass sie förmlich dahinschmolz.

28
Heldentaten

Leise summend schloss Vladimir ein paar Monate später seine Haustür auf. Seit dem, zum Glück glimpflich ausgegangenen, Unfall war Marie wieder Teil seines Lebens, was er davor schon gar nicht mehr für möglich gehalten hatte. Ein wenig hatte sein Vertrauen in sie gelitten, doch Vlad konnte nachvollziehen, warum die hübsche Werwölfin so gehandelt hatte. Intensive Gefühle konnten Angst machen, besonders einer so jungen Person wie ihr.

Er fand es immer noch unglaublich, dass ausgerechnet sie Seelengefährten waren. Diese besondere Verbindung zweier Liebender war so selten, doch es würde unter anderem erklären, warum er Marie wortwörtlich zum Anbeißen fand. Werwolfsblut stand sonst nämlich nicht auf seinem Speiseplan, nur ihres zog ihn noch immer magisch an.

Außerdem war es eine Tatsache, dass seine Gefühle für Marie alles in den Schatten stellten, was er in seinem vergleichsweise langen Leben empfunden hatte. Er liebte sie und war gern mit ihr zusammen. Mit ihr fühlte er sich seltsam vollständig und das war etwas, was er noch nie so verspürt hatte. Davon abgesehen war die Vorstellung wirklich reizvoll, die junge Werwölfin immer an seiner Seite zu haben. Das war ein wertvolles Geschenk, mit dem er nicht leichtfertig umgehen würde.

Überrascht hielt Vlad im Flur inne und schnüffelte.

Rosen? Doch da war noch mehr. *Eindeutig Marie, aber was ist der Rest?*

Die Werwölfin besaß mittlerweile einen Schlüssel zu seiner Wohnung sowie er einen zu ihrer. Sie sahen sich nicht jeden Tag, jedoch mehrmals pro Woche, wenn es Arbeit und sonstige Termine zuließen. Sie gingen tanzen, ins Kino oder auch einfach mal spazieren. Alles ohne Zwang und zum Glück endlich auch ohne die leichte Sorge im Hinterkopf, dass jemand von Irinas Schergen hinter ihnen her sein könnte.

Diese hinterhältige Schlange war mittlerweile rechtskräftig verurteilt und würde mindestens ein Jahrzehnt hinter Gittern sitzen, denn selbst Papi konnte ihr aus dieser Misere nicht heraushelfen. Wenn sie irgendwann entlassen werden würde, war ihre Karriere vorbei. Niemand würde mit Irina zusammenarbeiten wollen und für die Modewelt war sie dann auch schlicht zu alt. Dieser Skandal hatte große Wellen geschlagen und mit etwas Glück würde er dafür sorgen, dass sich in dem Bereich etwas zum Besseren wenden würde.

Obwohl nun wieder vermehrt Anfragen ins Haus flatterten, hielt Vlad sich noch bedeckt und arbeitete lieber mit den Leuten, die auch während der Auseinandersetzung mit Irina zu ihm gehalten hatten. Alle anderen konnten ihm gestohlen bleiben und sich ihr Geld sonst wohin stecken.

Gespannt folgte Vlad den angenehmen Gerüchen in die Küche. Als er die Tür öffnete, fand er einen schön gedeckten und mit Kerzen geschmückten Tisch sowie eine mit seiner Kochschürze bekleidete Marie vor.

„Oh. Du bist etwas früher da als gedacht.“ Schnell säuberte sie ihre Hände, bevor sie auf den Vampir zuging und ihn mit einem Kuss begrüßte. „Guten Abend Vlad“, sagte sie lächelnd.

„Guten Abend Marie.“ Er gab ihr noch einen zärtlichen Kuss, bevor er fragte: „Was gibt es denn zu feiern?“

„Dich und deine Heldentaten.“

Vladimirs Augen weiteten sich erstaunt. „Meine was?“

Marie lachte und führte ihn zum Tisch. „Setz dich doch. Ich hole den Auflauf aus dem Ofen.“

Während sie hantierte, hatte Vlad einen hervorragenden Blick auf ihr wohlgerundetes Hinterteil, das in der eng anliegenden Jeans wirklich gut zur Geltung kam. Es juckte den Vampir in den Fingern, dieses zu packen und zu streicheln, doch seine gute Erziehung siegte. Marie war kein Stück Fleisch und das letzte, was er wollte, war, dass sie sich am heißen Ofen verbrannte.

„Mhm, das riecht sehr lecker und sieht köstlich aus“, sagte er stattdessen, als Marie die Auflaufform auf dem Tisch abgestellt hatte.

Nun zog Vladimir die junge Werwölfin doch auf seinen Schoß und küsste ihren Hals. Sie seufzte und schmiegte sich an ihn.

„Ich hoffe, es schmeckt dir. Das ist ein neues Rezept, aber ich hatte irgendwie Appetit darauf.“

„Ganz bestimmt. Wenn nicht, dann knabbere ich einfach an dir."

Das brachte Marie zum Lachen. „Warst du gar nicht jagen?"

„Doch. Du bist und bleibst trotzdem ein besonderer Leckerbissen."

Wie, um das zu bestätigen, biss er sanft in ihre empfindliche Haut. Die junge Werwölfin stöhnte leise und rutschte unruhig auf seinem Schoß hin und her.

„Das war unfair, Vlad!", beschwerte sie sich halbherzig und stand auf.

Der Vampir fuhr sich mit der Zunge über seine Fänge und ließ Marie nicht aus den Augen. „Muss der Auflauf nicht ohnehin abkühlen? In der Zwischenzeit könnten wir schon vom Nachtisch naschen."

Marie guckte empört. „Oh nein, mein Lieber! Erst essen, dann kommt das Dessert. Ich kenne dich gut genug. Außerdem ist es doch viel schöner, wenn wir dann im Bett liegen bleiben können, oder nicht?"

„Na gut", lenkte er ein, denn sie hatte recht und sich wirklich viel Mühe gegeben.

Das sollte er auch wertschätzen.

„Das war wirklich köstlich. Danke!" Gesättigt lehnte Vlad sich auf seinem Stuhl zurück und prostete Marie mit seinem Sektglas zu.

„Sehr gern. Es freut mich, dass es dir geschmeckt hat."

Ihre Wangen waren leicht gerötet und ihre Augen strahlten vor Freude. Die junge Werwölfin leerte ihr Glas und räumte den Tisch ab. Vladimir ging ihr zur Hand. Kurz verschwand sie aus der Küche, dann erledigten sie gemeinsam den Abwasch. Schnell war der Kochbereich wieder blitzeblank geputzt und alles eingeräumt.

„Komm. Der Nachtisch wartet", meinte Marie und zog ihn zum Bad.

Als die Tür geöffnet wurde, wehte Vlad lieblicher Rosenduft entgegen. Gerührt schaute er auf die Kerzen und überall im Raum verteilten Blüten. Die große Badewanne war mit dampfendem Wasser gefüllt und auf dem kleinen Vorsprung standen ein Obstteller und zwei Gläser mit einer dunklen Creme – dem Geruch nach etwas wie Mousse au Chocolat.

„Du hast wirklich einen großen Aufwand betrieben", staunte Vladimir.

„Ach, du kochst oft genug. Da ist es nur gerecht, wenn ich dich auch mal ein bisschen verwöhne."

Er zog Marie an sich. „Habe ich dir heute schon gesagt, dass ich dich liebe?"

„Jetzt ja", erwiderte sie leicht atemlos und schlang ihre Arme um seinen Hals. „Ich liebe dich auch."

Ihre Lippen trafen sich zu einem zärtlichen Kuss, der jedoch bald an Intensität zunahm.

„Das mit den Heldentaten meinte ich übrigens ernst. Es steht zwar nirgends, dass du der Grund für Irinas Überführung bist, doch ohne dich hätte diese intrigante Schlange ihre schrecklichen Machenschaften weitergeführt."

„Ich habe nur den Anstoß gegeben und an einer einzigen Stelle das Verfahren beschleunigt. Ein Held bin ich deswegen noch lange nicht. Irina musste gestoppt werden und ich hatte zufällig die Mittel dazu."

„So bescheiden." Marie lächelte und löste sich von Vlad, um sich auszuziehen. „Komm. Das Wasser wird sonst wirklich kalt."

Das ließ Vladimir sich nicht zweimal sagen. Er folgte ihrem Beispiel und stieg schließlich ins angenehm temperierte Wasser.

„Komm her." Er zog Marie auf seinen Schoß, dann gab er ihr eins der Dessertgläschen, bevor er sein eigenes nahm.

„Fast so lecker wie du", schnurrte er.

Sie kicherte. „Wenn du meinst."

„Oh ja!" Er stellte das leere Glas fort und begann kleine Küsse auf ihrer Schulter zu verteilen. „Nun muss ich unbedingt noch von dieser Delikatesse probieren ..."

Einige Zeit später lagen sie aneinandergeschmiegt im Bett und waren sehr glücklich, dass sie sich gefunden hatten. Noch einmal würde sie nichts und niemand entzweien können.

Nicht einmal die Angst vor den eigenen Gefühlen.

ENDE

Danksagung & Nachwort

Das war die bereits angedrohte zweite Geschichte, die ihr der „Sixty Minutes"-Challenge auf Belletrstica.com zu verdanken habt. Ich hoffe, euch hat *‚Shadowheart'* gefallen. Wer jetzt wieder auf den Geschmack gekommen ist und vielleicht vorher schon *‚Insomnia'* gelesen oder gehört hat, wird sich freuen, dass bereits Nachschub in Sicht ist. Aktuell arbeite ich nämlich am eigentlichen Nachfolger von *‚Insomnia'*. Dieser wird *‚Dark Delights'* heißen und damit habe ich bereits verraten, um wen es gehen wird. ;-) Ich hoffe, ihr freut euch ebenso wie ich auf diese Reise.

Wie immer möchte ich an dieser Stelle wieder allen danken, die bei der Entstehung des Buches mitgewirkt haben. Riley McForest ist durch die Challenge mal wieder der kreative Pate dieser Geschichte und hat sich außerdem um das Korrektorat gekümmert. Danke dir!

Jeanette Lagall durfte sich wieder mit dem Lektorat beschäftigen und mir die Leviten lesen, wenn ich mal wieder schreiberischen Mist gebaut habe. Danke dir für alles! Ich möchte unsere witzigen Unterhaltungen am Seitenrand nicht mehr missen!

Mein Dank geht auch an Yvonne von Art4Artists, die sich mit der schwierigen Aufgabe herumschlagen musste, ein zu *‚Insomnia'* und meinen verrückten Vorstellungen passendes Cover zu entwerfen. Ich hoffe, ihr seid ebenso zufrieden mit dem Ergebnis wie ich.

Meinen zauberhaften Testleser*innen Bea, Bernardette, Anna, Bianca und Heiko möchte ich für ihr wertvolles Feedback danken! Ihr habt so manchen lustigen Fehler aufgespürt und mich auf einige Plotholes hingewiesen.

Den Buchsatz hat wieder einmal Phantasmal-Image gemacht und ich bin jedes Mal begeistert. Danke!

Dir, meiner Leserin bzw. meinem Leser, möchte ich sehr dafür danken, dass du mein Buch gekauft hast. Wenn es dir gefallen hat, dann empfehle es gern weiter und schreibe eine Rezension.

Liebe Grüße und bis bald!

Vanessa Carduie

Literary Passion – Gefährliche Träume ***(Band 1)***

»Das besondere Erlebnis für Bücherliebhaberinnen - Wellness, Literatur und sinnliche Abenteuer.«

Ein mysteriöser Todesfall in ungewöhnlicher Umgebung.

Als Kommissarin Magdalena Schwarz zu einem Tatort gerufen wird, ahnt sie noch nicht, dass dieser Fall ihre Sicht auf die ‚reale' Welt auf den Kopf stellen wird. Denn das *‚Literary Passion'* birgt mehr als nur ein Geheimnis und vieles ist nicht, was es zu sein scheint.

Was ist Wirklichkeit und was Traum?

Wer ist Freund und wer Feind?

Darf Magdalena sich auf die Verführungen in dieser fremden Welt einlassen oder wird sie so enden wie die Tote, die sie an diesen Ort gebracht hat?

Literary Passion - Verbotene Liebe (Band 2)

»Vor der Vergangenheit und seinen Gefühlen kann man nicht fliehen. Du kannst es versuchen, aber sie werden dich immer wieder einholen.«

Martin Groß war einst gezwungen, sein Rudel und damit seine Familie zu verlassen, denn Werwölfe dulden keine Homosexuellen in ihren Reihen. Im „Literary Passion" hat er treue Freunde und ein neues Zuhause gefunden.

Mit seinem Aufstieg zum stellvertretenden Sicherheitschef könnte eigentlich alles perfekt sein, doch insgeheim sehnt er sich nach Liebe. Dieser Wunsch bleibt unerfüllt, bis der Halbwerwolf Thomas Neumann auftaucht. Aufgrund schlechter Erfahrungen kämpfen beide gegen ihre Gefühle an, aber die gegenseitige Anziehungskraft ist zu stark.

Doch düstere Schatten aus der Vergangenheit bedrohen das junge Glück. Eine offen gelebte Beziehung zu einem Mann verstößt gegen die Gesetze der Werwölfe. Eine Schande, die Martins Vater als der Alpha des Ex-Rudels keinesfalls dulden kann. Wird Martin für diese „verbotene Liebe" kämpfen und damit sowohl sich als auch seinen Liebsten in Gefahr bringen, oder lässt er Thomas ziehen, um ihn zu schützen?

Insomnia - Verführerische Illusion

Eine Urban Fantasy-Novelle aus der Schattenwelt

Schon als sie das Insomnia das erste Mal betrat, spürte die junge Vampirin Emilia, dass dieser Club ein Geheimnis birgt. Irgendetwas scheint sie magisch anzuziehen, doch sie weiß nicht was.

Als sie eines Nachts unverhofft auf den charismatischen Club-Besitzer Seth trifft, ahnt sie noch nicht, dass diese Begegnung ihr Leben von Grund auf verändern wird. Denn in der Schattenwelt lauern Geheimnisse und Gefahren, die sie sich nicht vorstellen konnte.

Manche Begegnungen vergisst man nie, selbst wenn man dazu gezwungen wird.

Nachdem er seinen Freund beim Fremdgehen erwischt hat, flieht Florian überstürzt von einer Party und steckt dadurch ohne Auto im Nirgendwo fest. Als er nicht nur den letzten Bus nach Hause verpasst, sondern auch noch in ein Unwetter gerät, wächst seine Verzweiflung ins Unermessliche.

Weit und breit ist keine Zuflucht in Sicht, doch plötzlich taucht wie aus dem Nichts der mysteriöse Kale auf, der ihm anbietet, das Gewitter in seiner Waldhütte abzuwarten.

Flo fühlt sich seltsam von Kale angezogen, spürt jedoch auch, dass dieser ein dunkles Geheimnis verbirgt. Keiner der beiden ahnt, dass die Begegnung im Regen Ereignisse in Gang setzt, die vor allem Florian gefährlich werden könnten.

Wenn du denkst, es geht nicht schlimmer – wirst du plötzlich von einem wilden Tier verschleppt ...

Für Stefan läuft es gerade alles andere als gut. Nach der Demütigung durch seinen Schwarm will er einfach nur weg. Doch bevor er seinen Plan in die Tat umsetzen kann, wird er mitten im Dorf von einem riesigen luchsartigen Tier verschleppt und findet sich in einem merkwürdigen Haus wieder.

Zu allem Überfluss entpuppt sich der Luchs als attraktiver Gestaltwandler, der Stefan schier um den Verstand bringt.

Doch Entführer küsst man nicht - oder? Und was passiert, wenn dieser plötzlich selbst in Gefahr gerät?

Zeiten ändern sich – Menschen jedoch nur selten.

Die Errungenschaften der modernen Wissenschaft scheinen die Tore in eine aufregende Zukunft zu öffnen. Doch alle Technik des Universums kann die Menschen nicht von ihren Sehnsüchten befreien.

Um seine Schwester zu retten, lässt sich ein Polizist auf einen Handel mit einem wortwörtlich „unmenschlichen" Verbrecher ein. Die irrationale Sehnsucht nach einer KI verwischt die Grenzen zwischen Realität und virtueller Welt. Wenn die Familie über mehrere Epochen verstreut ist, dann braucht es unkonventionelle Maßnahmen, um dem eisernen Griff der Zeit zu entkommen. Eine seltsame Nachricht vom eigenen Ich führt einen Klon zu einem intergalaktischen Teehaus, das sein Wesen zutiefst erschüttert.

Eine Anthologie aus Science-Fiction-Novellen, mit einem queeren Twist.

Vanessa Carduie ist ein Mitglied der „Schicksalsweber“

Jeder Schicksalsfaden enthält Tausende Geschichten, die erzählt werden wollen. Begleitet Vanessa, Jeanette und Melissa durch die Zukunft, die Gegenwart und die Vergangenheit. Welten voller Träume, Hoffnung und Liebe erwarten euch.

SCHICKSALSWEBER.COM

Jeanette Lagall
Vanessa Carduie
Melissa David

Wie ihr euch bei der Überschrift schon denken könnt, lautet der Name unseres kleinen und ganz frischen Zusammenschlusses „Die Schicksalsweber“.

Passend zur Thematik – Vergangenheit, Gegenwart und Zukunft – sind wir Autoren, die euch die jeweiligen Geschichten aus diesen Zeiten liefern Wir spielen die Schicksalsgöttinnen für unsere Protagonisten und durchtrennen auch mal skrupellos Lebensfäden oder knüpfen neue Verbindungen.

Aber wenn es uns nur darum gehen würde, hätte natürlich auch jede für sich bleiben können und in ihrer kleinen Welt die Göttin raushängen lassen. Denn Schreiben lässt sich ganz gut allein, aber unterhalten eben nicht. Und genau das möchten wir unseren Lesern zuteilwerden lassen: Unterhaltung und das über das reine Lesevergnügen des fertigen Buches hinaus.

Ihr bekommt exklusive Vorabtextpassagen, wir erzählen euch lustige Anekdoten, wie wir auf manche Ideen kamen, unterhalten euch aber auch mit Lesungen, Livevideos und geben uns für eure Fragen zum ‚Abschuss' frei. Und das ist nur der Anfang.

Wir wollen für euch Autoren zum Anfassen und Austauschen sein und natürlich haben wir deswegen auch die Leipziger Buchmesse fest eingeplant.

Wir freuen uns, wenn ihr uns folgt, und wünschen euch gute Unterhaltung!

Eure Schicksalsweber

Onlinedating für übernatürliche Wesen
- das kann nur schiefgehen!

Zumindest ist das Maries Einstellung, als ihre Freundin sie überredet, sich bei der Plattform ‚Shadowheart‘ anzumelden.

Nach zahlreichen unsympathischen Kandidaten wird Marie eines Tages von Vlad angeschrieben, der die junge Werwölfin durch seine humorvolle und charmante Art für sich gewinnen kann. Als die beiden sich im echten Leben begegnen, sprühen sofort die Funken. Doch können so intensive Gefühle echt sein? Und wo ist der Haken an dem viel zu perfekt erscheinenden Vampir?

Während Marie noch mit ihren Gefühlen hadert, bedroht eine intrigante Rivalin aus Vlads beruflichem Umfeld das junge Glück. Hat ihre Liebe trotzdem eine Chance? Oder zerbricht sie am Ende wegen Maries Unsicherheit?